Herbert Höner

Duett am Wolchow

Stationen der Versöhnung

llustrationen: Christiane Tietjen

Herbert Höner
Duett am Wolchow

Layout und Druck:
mittwalddruck&medien Espelkamp

2014

Marlies Kalbhenn Verlag
Wilhelm-Kern-Platz 4, 32339 Espelkamp
Telefon: 05772/4259; www.marlies-kalbhenn.de

ISBN 978-3-9814018-8-2

Gedenke der vorigen Zeiten
und hab acht auf die Jahre von Geschlecht zu Geschlecht.
Frage deinen Vater, der wird dir's verkünden,
deine Ältesten, die werden dir's sagen.

5. Mose 32,7

Den Weggefährtinnen und Weggefährten
in Dankbarkeit gewidmet

Inhalt

Erinnern hat seine Zeit

1

2

Erinnern hat seine Zeit

„Erinnern hat seine Zeit" – unter diesem Titel erschien 2004 die Autobiografie Herbert Höners. Aus diesem Buch haben wir das Kapitel „Milch und Mazzen gratis" und die „Russland-Kapitel" in gekürzter, überarbeiteter Fassung übernommen und sie durch Texte ergänzt, die von der lebenslangen Erinnerungs- und Versöhnungsarbeit des Autors Zeugnis ablegen. Die eingefügten Tagebuchnotizen entstanden während einer Gruppenreise im Oktober 2001, die der „Volksbund Deutsche Kriegsgräberfürsorge e.V." organisiert hatte. An einem freien Tag suchte der Autor die Orte auf, an denen er selbst 1942 und 1943 als Soldat war. Begleitet wurde er bei seiner Spurensuche von seiner Tochter, die gleichzeitig seine Dolmetscherin war, seinem Schwiegersohn und seinem Enkelsohn.

Richtete sich „Erinnern hat seine Zeit" noch an die Generationen der Söhne und Töchter, der Enkelinnen und Enkel, so wächst nun, zehn Jahre später, bereits die nächste Generation heran. Auch den Urenkelinnen und Urenkeln bleibt es nicht erspart, an die Tage der Vergangenheit zu denken, aus den Jahren der Geschichte zu lernen und die Alten zu fragen. Aber in wenigen Jahren wird es keine Urgroßväter mehr geben, die aus eigenem Erleben erzählen können. Gut, dass einige von ihnen, wie Herbert Höner, ihre Erinnerungen aufgeschrieben haben.

Marlies Kalbhenn

1

Kriegslied

's ist Krieg! 's ist Krieg! O Gottes Engel wehre,
und rede du darein!
's ist leider Krieg - und ich begehre
nicht schuld daran zu sein!

Was sollt ich machen, wenn im Schlaf mit Grämen
und blutig, bleich und blass,
die Geister der Erschlagnen zu mir kämen,
und vor mir weinten, was?

Wenn wackre Männer, die sich Ehre suchten,
verstümmelt und halb tot
im Staub sich vor mir wälzten, und mir fluchten
In ihrer Todesnot?

Wenn tausend tausend Väter, Mütter, Bräute,
so glücklich vor dem Krieg,
nun alle elend, alle arme Leute,
wehklagten über mich?

Wenn Hunger, böse Seuch' und ihre Nöten
Freund, Freund und Feind ins Grab
versammelten, und mir zu Ehren krähten
von einer Leich herab?

Was hülf mir Kron' und Land und Gold und Ehre?
Die könnten mich nicht freun!
's ist leider Krieg - und ich begehre
nicht schuld daran zu sein!

Matthias Claudius, 1740-1815

Riga

Marschkompanien oder Marschbataillone waren Einheiten, die in einer Garnison als Nachschub oder Ersatz zu einem Frontabschnitt „in Marsch gesetzt" wurden. Eine solche Einheit auf Zeit, zu der auch meine Kameraden und ich vom Pionier-Ersatz-Bataillon 1 gehörten, setzte sich aus Soldaten verschiedener Waffengattungen zusammen.

Mitte Januar 1942 mussten wir unsere Pionierkaserne in Königsberg verlassen und in die dortige Artilleriekaserne umziehen. Hier wurden wir für den „Eisenbahn-Marsch" gen Osten zusammengefasst und vorbereitet.

Nach mehrtägiger Fahrt erreichten wir Riga, wo unser Güterzug vor der Bahnhofshalle anhielt. Es war uns erlaubt auszusteigen; wir hatten aber strengen Befehl, in der Nähe des Zuges zu bleiben.

Es war um die Mittagszeit, als uns eine Marschkolonne entgegenkam. An der Spitze gingen vier oder fünf Soldaten, die ihre Gewehre auf der Hüfte, also schussbereit trugen. Ob es sich um SS- oder Wehrmachtsangehörige handelte, habe ich nicht registriert. Meine Aufmerksamkeit galt der von ihnen angeführten Kolonne. Es waren keine russischen Kriegsgefangenen, sondern Menschen in der gestreiften Kleidung der Konzentrationslager. Männer und Frauen, alte und junge. Sie hatten Schaufeln, Kreuzhacken, Besen, Stangen mit schmalen

Metallschiebern geschultert, offensichtlich wurden sie zur Schnee- und Eisbeseitigung in den Gleisanlagen eingesetzt. Mit zerfetzten Schuhen oder nur mit Lumpen umwickelten Füßen schlurften sie durch den Schnee. Ich sah die auf ihre Zebrakleidung aufgenähten gelben Davidsterne mit der Inschrift JUDE – und meine Gedanken gingen, wenn auch nur für Augenblicke, nach Hause zu meinen jüdischen Freunden und Nachbarn.

Dann waren sie auch schon vorbei, und ich sah ihnen nach. Den Schluss des Zuges bildeten wieder Soldaten mit schussbereiten Gewehren.

Unserem Eisenbahnzug gegenüber, jenseits der verschneiten Straße, lag ein Wäldchen. Unter den Bäumen waren Kreuze zu erkennen. Mit einigen Kameraden ging ich hinüber, schließlich hatten wir von dort aus auch Sicht- und Hörverbindung zum Zug und zum Bahngelände. Nach ein paar Schritten entdeckten wir einen Hügel aus Erdbrocken. Es war der Aushub einer quadratischen Grube, und die war ein Grab. Übereinander geschichtet und notdürftig mit Planen bedeckt lagen die Soldaten, die dort „bestattet" waren. Wir sahen unverhüllt gebliebene uniformierte Arme mit bleichen, steif verkrampften Händen und Fingern, Teile von Gesichtern, eine Stirn mit einem Einschuss, Füße, denen man die Stiefel ausgezogen hatte. Während wir noch sprachlos in diese Totengrube starrten, kam ein kleiner Wehrmachts-Lkw gefahren und hielt neben der Grube an. Ein Unteroffizier und zwei Gefreite stiegen aus.

„Na, ihr habt wohl noch keine Toten gesehen? Seid ihr neu?", fragte der Unteroffizier.

„Ja, wir gehören zum Transportzug da drüben", sagte ich.

„Aha! Dann schaut sie euch richtig an, damit ihr Bescheid wisst. Die hier", er öffnete die hintere Klappe, „sind auch erst vor etwa einer Woche angekommen."

Zu dritt zogen sie einen Toten nach dem anderen heraus, alle steif gefroren und an der Farbe der Paspelierung ihrer Uniformen als Panzerjäger zu erkennen.

„Die meisten haben Kopfschüsse."

Da schrillte eine Trillerpfeife und eine Kommandostimme rief: „Marschbataillon Königsberg: Sammeln!"

„Na, dann macht's gut", sagte einer der beiden Gefreiten des Gräberkommandos.

„Und zieht den Kopf ein", rief der Unteroffizier noch hinter uns her, denn wir waren schon losgerannt, sprangen über die Straße und sammelten uns beim Zug.

Nicht weit vom Stadtzentrum zogen wir in eine geräumte Schule. Das Strohquartier in den hellen, geheizten Räumen erschien uns, gemessen an unserem Güterwaggon, geradezu feudal.

Am Abend saßen wir im Rigaer Theaterrestaurant. Wir tranken, rauchten und redeten. Neu war das alles für uns und fremd. Und keiner sprach über den Zug der Juden, die durch den Schnee an uns vorbei geschlurft waren, und auch nicht von den ersten Toten, in deren wächserne Gesichter wir geschaut hatten.

Irgendwo in Russland

Irgendwo in Russland ist meine Seele.

Irgendwo in Russland
schickt der Sturm den Schnee in seinen Mantel,
weint ein Glöckchen
am Hals des Schlittenpferdes.
Das ist meine Seele.
Irgendwo in Russland
fliegt ein Rabe über weiße, weiße Felder,
schleppt mein Adler
mühsam die gebroch'ne Schwinge.
Hinter seinem Keuchen
rieselt über weiße Felder
eine lange Spur von Blut.

Gertrud Kolmar , 1894-1943

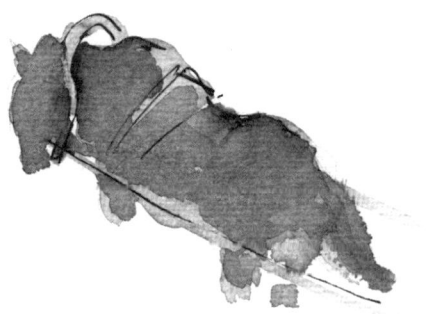

Tschudowo

Nach drei Tagen stehen wir marschbereit. Teils mit Lkws, die auf dem Eis von schneefrei geräumten Flüssen wie auf glattem Asphalt fahren, teils zu Fuß ziehen wir durch das kalte, tief verschneite und vereiste Land. Nachts kampieren wir in leerstehenden Unterständen oder verlassenen Blockhäusern. Jeden Tag wird unser Marschbataillon kleiner, weil mehr oder weniger große Gruppen sich auf den Weg zu dem für sie vorgesehenen Truppenteil machen.

Endlich hat man auch uns, die für die 1. Kompanie des Pionier-Bataillons 21 vorgesehenen Ersatzleute, vor einem Holzhaus bei der Ortschaft Tschudowo abgesetzt.

Mit meinem Freund Hermann Weber lande ich in der 1. Gruppe des 1. Zuges.

In der zweiten Stellung hinter der Hauptkampflinie an der Bahnstrecke vor einem Wald stehen wir nachts Einzelposten: in dicken, bis auf die Füße reichenden Pelzmänteln. Gefahr, dass hier Russen durchbrechen, besteht kaum. Wir hören Gewehr- und MG-Feuer, sehen Leuchtspurgeschosse durch den Baumgürtel hindurchfliegen und mitunter Querschläger von Baum zu Baum springen; wir hören Artilleriegeschosse über uns hinwegpfeifen und können nach einigen Nächten an den Abschüssen und Einschlägen erkennen, ob es feindliche oder eigene sind.

Wir liegen jetzt vorn. Die Hauptkampflinie verläuft über einem Stück Rollbahn, das unsere Division den Russen entrissen hat und nun zu halten versucht. Unser Quartier ist ein tiefer Bunker.

Abends nach dem Essen ziehen wir los. Wir überqueren die Rollbahn und bewegen uns ohne jegliche Deckung hundert bis hundertfünfzig Meter über ein freies Gelände, das einige Unebenheiten hat: Granattrichter unterschiedlicher Tiefe und Durchmesser, halb gefüllt mit zu Eis gefrorenem Wasser, um die sich Trampelpfade ziehen.

Wir bauen Bunker für die hier verteidigenden Einheiten. Da man vor dem Wintereinbruch nicht mehr tief genug in die Erde kam, sind die Löcher, in denen die Männer hausen, kaum als Bunker zu bezeichnen. Wir sprengen mit leichten Ladungen den Boden locker und arbeiten uns so in die nötige Tiefe.

Unsere MG-Schützen, darunter Hermann und ich, sichern in einer Lücke zwischen den Infanterieposten mit diesen zusammen; denn die Hauptkampflinie muss in der Nacht dichter besetzt sein als am Tag.

Einen nächtlichen Durchbruchsversuch der Russen haben Hermann und ich mit abgewehrt. Die Angreifer kamen bis fast vor unseren MG-Stand. Auch mit zwei Panzern haben sie schon angegriffen. Die sind aber kurz vor dem Ziel liegen geblieben. Sie hatten entweder einen Maschinen- oder Kettenschaden oder waren durch Artilleriebeschuss manövrierunfähig geworden. Nun sollten sie vollends zerstört werden, weil sie einer Anzahl von Russen als vorgeschobener Posten dienten und einen geschützten Unterschlupf boten. Um die Panzer durch die Artillerie zu zerstören, hätte es eines langen und massiven Bombardements bedurft. Also mussten die Pioniere es richten.

Der Unteroffizier Fleer kommt am frühen Nachmittag in unseren Bunker und sagt: „Befehl von der Division, heute sollen die beiden Panzer gesprengt werden. Der Chef hat mich beauftragt, das in die Hand zu nehmen. Von der Aufklärungsabteilung geht Unteroffizier Otte mit. Er und ich übernehmen die Sicherung. Jetzt brauchen wir nur noch zwei Sprengtrupps zu je zwei Mann. Für den einen Trupp habe ich schon zwei von der 2. Gruppe. Es wäre schön, wenn ihr den anderen machen könntet – wenn ihr wollt."
Zwar hatten wir uns fest vorgenommen, nur das zu machen, was uns befohlen würde, aber mit Fleer wären wir vermutlich überall hingegangen. Darum sahen wir uns jetzt nur kurz an, nickten uns zu und rutschten von der Pritsche. „Prima! Zieht Stiefel an und Feldbluse. Kein Koppel, nichts, was unnötig beschwert. Auch keine Pistole. Eierhandgranaten könnt ihr euch in die Taschen stecken. Und Stahlhelm aufsetzen."
Nicht weit von unserer Stellung fiel das Gelände steil ab in einen Bach, der sich in Windungen vor unserem Abschnitt schlängelte und jetzt vereist und zum Teil schneeverweht war. Auf der anderen Seite des Baches ging es zunächst wieder steil aufwärts und dann leicht hügelan bis zum Wald. An diesem Steilufer auf der russischen Seite

standen die beiden Panzer. Wenn es gelang, ohne entdeckt zu werden, an einer bestimmten Stelle in das Bachtal zu kommen, konnte man von den Panzern aus nicht gesehen werden; denn die Biegung des Bachlaufes verhinderte die Sicht. Um diese Biegung aber musste man herum.

Nach den ersten Sprüngen in geduckter Haltung blicke ich noch einmal zurück: Überall lauern weiß getarnte Stahlhelme hinter Karabiner- und MG-Läufen. Wir kommen heil runter.

„Zwei Minuten durchatmen", sagt Fleer. Und nach einem langen Blick auf die Uhr: „Folgen!"

Mit Otte stapft er um die Biegung, wir gehen dicht hinter beiden durch jetzt knietiefen Schnee – da tönt es schon: „Tack-tack-tack ..."

Auf dem ersten Panzer liegt vorn ein Russe in langem Mantel und Pelzmütze, vor sich ein leichtes Maschinengewehr, und feuert gezielt auf uns. Wir werfen uns in den Schnee. „Tack-tack-tack" pfeift es uns um die Ohren.

„Vorsichtig zurückarbeiten", raunt uns Fleer zu, „das ist so völlig aussichtslos."

Die Helden türmen. Raus aus dem Bach und hoch zur Stellung – und wieder geht es los! Die Russen schießen vom Wald, unsere Stellung schießt zurück, die Russen setzen Granatwerfer ein, das ganze Gefechtsfeld bis zur Rollbahn liegt unter Feuer, das erst nachlässt, als es dunkel wird.

In einem Granattrichter hatten wir Deckung gesucht und schleichen nun müde und grausam frierend in unseren warmen Bunker.

Wir liegen noch im Tiefschlaf, als uns Fleer mit einer Stablampe ins Gesicht leuchtet. „Wollt ihr wieder mit?", flüstert er. „Sobald es dämmert, geht es den Panzern an den Kragen."

Wir arbeiten uns ohne Verschnaufpause zu den Panzern vor. Kein Gegenfeuer. Die beiden Unteroffiziere stützen die Magazine ihrer Maschinenpistolen auf dem ersten Panzer auf. Ich sehe ihr Mündungsfeuer und höre die Schussfolge bellen. Mit Hermann stemme ich die Kiste mit den Sprengkörpern hoch, dem ersten Panzer genau auf die Kühlrippen. „Fertig!", ruft er.

Ich habe schon den Zeigefinger im Ring des Abreiß-zünders. Ein Ruck und die Stichflamme schießt aus der Zündschnur. Ich schreie: „Brennt!" Und höre auch schon das „Brennt!" der anderen. Jetzt nichts wie weg! Noch wenige Augenblicke feuern Otte und Fleer, dann verstummen auch ihre Maschinenpistolen. Eine geladene Stille liegt über dem Frontabschnitt. Wie lang doch eine Minute ist! Hat die Munition etwa nicht …?

Doch dann eine Druckwelle, das Bachtal bebt, Sekundenbruchteile später ein Knall. Ich drehe mich um und sehe hohe Flammen, darüber eine schwarze Rauchwolke bis zum Himmel. Eine Detonation folgt der anderen, Panzertrümmer fliegen durch die Luft, hinter uns her, wir hören sie in den Schnee fallen und laufen aufrecht weiter, und kein Schuss fällt oben vom Waldrand, und wir laufen durch unsere Stellung, gehen keuchend langsamer und langsamer, stolpern schließlich durchschwitzt in unsere Bunker.

Nachzutragen ist noch, dass wir „Panzerknacker" auf einem Foto zu sehen sind, das irgendwann nach dem Tschudowo-Einsatz gemacht wurde. Der Chef steht vor uns und hält eine seiner knappen Ansprachen. Er hat uns Eiserne Kreuze angeheftet. Das „Zeichen des Führers für die Vernichtung von Panzerfahrzeugen durch Einzelkämpfer" ist gerade erst herausgekommen. Wir erhalten es später und nähen uns stolz den metallenen Silberstreifen mit einem blechernen Panzer darauf an den rechten Ärmel.

Oktober 2001. Tschudowo ist wieder aufgebaut, und am Bahnhof herrscht reges Leben. Die neu erstandene Stadt zu besichtigen, fehlt uns die Zeit.

Uns steht für unsere Spurensuche nur dieser eine Tag zur Verfügung. Und wir müssen noch weit fahren. Aber wir besuchen die ein wenig abseits gelegene Gedenkstätte für die hier gefallenen Rotarmisten. Und ich frage mich, während wir schweigend die eingemeißelten Namen und emaillierten Portraits betrachten, wer von diesen jungen Männern vor meinem Maschinengewehr oder bei dem „Panzerunternehmen" starb: an jenem Vorfrühlingstag in der Dämmerung bei aufgehender Sonne und schon weichem Schnee.

Meinen Freund Hermann Weber, der mit mir das MG bediente, traf es später tödlich auf den Höhen von Ssinjawino.

Ruhe an der Rollbahn

Nach dem Einsatz in und um Tschudowo folgt im Frühjahr 1942 eine Zeit der Ruhe und der Überholung von Mensch, Waffen und Gerät in einem Waldlager. Es liegt an einer dieser Rollbahnen genannten, für russische Verhältnisse guten, breiten und zu jeder Zeit befahrbaren Autostraßen, die in ihrer verkehrstechnischen und darum auch militärstrategischen Bedeutung den neuen deutschen Reichsautobahnen vergleichbar sind. Deswegen sind diese Straßen umkämpft. Wer ein Stück davon erobert und hält, stört die Kriegsmaschinerie des Gegners erheblich. Unser Waldlager ist ein Stück weit vom derzeitigen Frontverlauf entfernt.

Zwei, drei Tage nach unserer Ablösung aus der Stellung im Raum Tschudowo stehen wir am Straßenrand und sehen russische Gefangene vorbeiziehen, einzeln und in kleinen Trupps, in zerfetzten Uniformen, einige hinkend und mit schmutzigen Verbänden um Kopf und Armstümpfen: geschlagene, traurige und schrecklich müde Männer, die bis vor kurzem tapfere Soldaten waren und trotz Einkesselung lange Widerstand geleistet haben, bis man sie mit Flammenwerfern aus ihren Bunkern und Erdhöhlen räucherte und brannte.

Mit Mannschafts-Lkws fahren wir zum „Duschen mit anschließendem Kinobesuch" in den Leningrader Stadtbezirk Krasnogwardejskij. Endlich spüren wir wieder heißes Wasser über den ganzen Körper brausen und schrubben die grau gewordene Haut, bis sie zuerst rot und dann weiß wird, atmet und Leib und Seele belebt.

Während des Duschens wurden unsere Uniformen in hochtemperierten Kammern bis kurz vor dem Versengen erhitzt, wobei die Kleiderläuse und ihre zahlreichen Eier in den Maschen der Gewebe zu mikroskopisch winzigen Resten schrumpften. Über die frische Wäsche ziehen wir die noch heißen Uniformen.

Auf schmalen Holzbänken ohne Lehnen warten wir auf den Beginn der Vorstellung. Ich habe das Gefühl, mich überall kratzen zu müssen: Die Nerven der Haut reagieren empfindlicher, nachdem die Schicht aus Schweiß und Dreck beseitigt worden ist.

„Wir bitten zum Tanz" heißt die Liebeskomödie aus dem alten Wien mit „Radetzkymarsch" und „An der schönen blauen Donau". Hans Moser beherrscht nuschelnd die Szene. Mit dabei sind Paul Hörbiger und andere der uns damals bekannten Stars und Sternchen. An den Inhalt des Films werde ich mich bald nicht mehr erinnern, wohl aber an das Eintauchen in eine Welt, die uns jetzt für neunzig Minuten vergessen lässt, wo wir sind.

Zurück zum Waldlager. Vielleicht noch für einige Tage. Appelle. Immer wieder Waffen reinigen. Klamotten flicken. Haareschneiden. Da der Friseur hoffnungslos überlaufen ist, gilt einmal mehr: „Selbst ist der Mann!"

Von unserem pferdebespannten Tross kommt ein Kamerad

zu mir und sagt: „Wirst mir mejen die Haare schne-iden?"
Ich kenne ihn nicht und frage, warum er ausgerechnet
mich darum bittet. Ich sei nicht so einer, der ihn immer
verscheißern würde, sagt er. Er hätte mich in diesen Tagen
beobachtet.

Er hält mir eine Schere und einen Taschenkamm hin.
Auch eine Kiste zum Sitzen hat er mitgebracht und ein
Handtuch. Er sieht mich treuherzig an und sagt noch ein-
mal: „Bitte, machst das? Kriegst auch me-ine Zigaretten."
„Quatsch, wenn ich das mache, dann umsonst. Aber ich
warne dich: Ich mach das zum ersten Mal!"

Er setzt sich auf die hochkant gestellte Munitionskiste
und legt sich das Handtuch um die Schultern.

Während ich ihm die Haare schneide, erzählt mir der
Trossbube stockend, verlegen, er habe einen Brief von
seiner Schwester aus Ostpreußen bekommen, ob ich ihm
den, wenn ich fertig sei, vorlese, er selbst könne weder
lesen noch schreiben. Die anderen beim Tross, die würden
ihn doch nur auslachen – wie schon beim letzten Brief, als
sie ihm etwas vorlasen, was gar nicht drin stand.

Ich bewundere mich selbst, es sieht ganz passabel aus.
Er beschaut sich in einem kleinen Taschenspiegel, lacht,
sagt: „Danke! Scheen jeworden. Und willst nuscht nich,
ke-ine Zigaretten?" – „Mann, hol mir den Brief von
deiner Schwester!" – „Na, den hab ich in me-iner Brief-
tasche. Willst ihm sehen?"

Wir entfernen uns einige Schritte aus Blickfeld und Hör-
weite der anderen und setzen uns ins Blaubeerenkraut
zwischen Birkenstämmen, deren Geäst und Laub uns

beschatten. Zuerst zeigt er mir das Foto eines jungen Mädchens, dann gibt er mir den zusammengefalteten Brief, geschrieben in einer sauberen, fast noch kindlichen Schrift. Er schaut andächtig zu mir auf, während ich lese, spricht einige Wörter tonlos nach und lächelt verklärt. Als ich fertig bin, sagt er: „Ja, so ist sie, die Marjell."
Wie wenig dazugehört, einen Menschen für Augenblicke glücklich zu machen. Ein bisschen Haare schneiden, einen Brief vorlesen, weil er Analphabet ist, und ihn dabei vor den hänselnden Kameraden abschirmen.

Auch die Ablösung aus dem Waldlager kommt wie die meisten Abmarsch und Einsatzbefehle ohne lange Vorankündigung. Die Kompanie wird an die Tigoda verlegt. „Schleppzugverkehr" lautet der Auftrag.

Oktober 2001. Dieser Fluss, den jetzt eine hohe Betonkonstruktion überbrückt, sei die weiter nordostwärts in den Wolchow mündende Tigoda, sagt Sergej, der Taxifahrer.
Während Elisabeth, Klaus und Tobias eine schmale Treppe zu den tiefen Uferwiesen hinabsteigen, bleibe ich mit Sergej auf der Fahrbahn stehen. Seine wenigen deutschen Worte und seine Handzeichen verstehe ich dahingehend, dass er meine Kamera gern einmal umhängen und hindurchschauen möchte. Nachdem ich ihm die Mechanik des Teleobjektivs erklärt habe, geht er ans Geländer und blickt durch den

Sucher auf den Verlauf des Flusses und das am linken Ufer
liegende Dorf.
Die Flussbiegung, die aus dem Wasser fingernden abgesäg-
ten Pfähle der alten Holzbrücke, das kaum veränderte Dorf.
Ja: Hier sind wir durch- und vorbeigefahren, wir Fluss-
Schiffer des Krieges, damals, im Sommer 1942.

An und auf der Tigoda

Die Begleitung eines Schleppzuges ist begehrt. Sie beschert so etwas wie einen Ruhetag, was nicht bedeutet, die
Begleitmannschaft könne auf Mehl-, Reis- oder Zucker-
säcken den Tag verschlafen.

Zu zweit haben wir an den Stellen, an denen die nor-
malerweise zum Brückenbau oder Fährbetrieb verwendeten
Pontons hintereinander gekoppelt sind, bei Flussbiegun-
gen oder Sandbänken aufzupassen, dass alle möglichst
in einer Linie hinter dem schweren, den Zug ziehenden
Motorboot bleiben, damit er nicht auseinander bricht
oder auf Sand läuft.

Wir benutzen hölzerne Stangen, die an einem Ende mit
langer Eisenspitze und einem darunter geschmiedeten
Haken bewehrt sind. Mit ihnen stoßen wir in den Fluss-
grund und halten die Pontons in der Linie und im Fahr-
wasser. Zwischen diesen Kraft und Geschick erfordernden

Manövern gibt es lange Strecken, auf denen der Schlepp-
zug still dahinzieht.

Außer dem monotonen, nicht sehr lauten Motorgeräusch
umgibt uns die Ruhe russischer Flusslandschaften. Dörfer,
an und auf den hohen Ufern gelegen, mit Reet oder Stroh
gedeckte Holzhäuser und Gärten hinter Staketenzäunen
gleiten vorbei, Friedhöfe mit orthodoxen Grabkreuzen,
selten Menschen, einmal eine alte, sich vor einem Grab
bekreuzigende Frau, ein kläffender Hund, der eine Weile
mitläuft, eine Kuh, ein struppiges Pferd, Hühner, Gänse.

An zu Hause denken, an Russland, das große, weite Land,
von dem ein Teil an uns vorbeizuziehen scheint, vergessen,
warum wir eigentlich hier sind, viele von uns schon im
zweiten Sommer.

Ein langer Steg am linken Ufer: die Umschlagstelle bei
Tosno, Ziel unserer Flussreise. Hier holt uns der Krieg
wieder ein. Wie das Grollen eines aufkommenden Gewit-
ters zittert das Geschützfeuer der nahen Front durch die
Luft und bebt durch Ufer und Wasseroberfläche.

Am Steg wartet ein Kommando und beginnt sofort mit
der Entladung.

Das Verladen ist für heute beendet. Die Abendverpfle-
gung verzehrt. Unsere Gehilfen, ein zwölfköpfiges Kommando Gefangener, sitzen vor ihrem Finnenzelt und löf-
feln „Ssupp". Da kommt Spieß Gajek, ruft den ältesten
der Russen zu sich und sagt: „Starschi, wenn ihr uns etwas
singt, dann gibt es eine Sonderration Suppe und für jeden
zwei Zigaretten."

Der Älteste sagt: „Charascho", geht zu seinen Genossen, gibt ihnen kurz bekannt, was „Hauptfeld" gesagt hat, und ruft: „Dawai!" Sofort springen die armen Gestalten auf und stellen sich erhobenen Hauptes im Halbkreis auf. Einer gibt die Töne an, die Stimmen nehmen sie auf, und dann klingt es in die stille Flusslandschaft, die von dem im Westen über schon dunklen Wäldern langsam sinkenden glutroten Sonnenrad in ein verklärendes Licht zwischen Tag und Nacht getaucht ist:

Wieder blühten Apfel- und Birnenbäume,
wieder schwammen die Nebel über dem Fluss.
Zum Ufer ging Katjuscha,
zum Ufer, dem hohen und steilen …

Dies ist nicht das Konzert eines Kosakenchores oder eines anderen professionellen Ensembles! Aber des Chorsingens sind sie mächtig: bis hin zu solistischen Bass- oder Tenorparts. Wo nur haben sie das gelernt? Als Jungen in heimatlichen Kirchenchören?

Wie in einem Wachtraum gleitet das ganze weite Land an mir vorüber, seine flache und tiefe Unendlichkeit, seine düstere Helle, seine traurige Freude.

Und dann tönt es wie von weitem, den Fluss herauf, leise, näherkommend, in einem an Lautstärke zunehmendem Crescendo bis zum gewaltigen Fortissimo: das „Lied der Wolgaschlepper":

Ej uchnjem, ej uchnjem ...
Zieht fest an, zieht fest an ...

Als sie heran sind, da sind sie auch schon vorbei. Die
Wolga-Schlepper, die auf den Treidelpfaden an den Ufern
Lastkähne stromaufwärts ziehen, werden immer leiser,
immer ferner, bis das „Ej uchnjem" als kaum hörbarer
Hauch verklingt.

Kein Heimweh kommt bei mir auf als Reaktion auf dieses
außergewöhnliche Konzert, das Gefangene ihren Besie-
gern und Unterdrückern für einen Schlag Haferflocken-
oder Hirsesuppe und zwei ganze Zigaretten pro Mann an
diesem Abend geben, und die jetzt, von der letzten Röte
übergossen, ihr Finale anstimmen:

Abendglocke, Abendglocke —
wie viel Erinnerungen ruft sie wach
an meine Jugendtage im Heimatland,
wo ich liebte, wo mein Vaterhaus stand ...

Später hören wir sie noch lange in ihrem Finnenzelt singen,
leise, um unsere Nachtruhe nicht zu stören. Vielleicht
hat ihnen der Spieß auch noch einen scharfen Schluck
spendiert. Auch ich finde trotz der zwei Zehntel Beute-
schnaps, die wir als Tagesration bekommen und meistens
am späten Abend trinken, lange keinen Schlaf. Warum,
wozu sind wir mehr als zweitausend Kilometer weit von
Deutschland hierhergekommen? Um gegen sie, die für
mich in dieser Nacht keine „Russkis", „Iwans", „asiatische

Untermenschen" oder „bolschewistische Horden" sind, zu kämpfen, ihr Land zu zerstören, seine Menschen zu unterdrücken, auszubeuten, dem Hunger preiszugeben?

Noch wusste ich nicht, was in den Lagern hier und in Deutschland mit den russischen Kriegsgefangenen geschah, noch war mir unbekannt, welche Verbrechen an der russischen Zivilbevölkerung sich im Hinterland abspielten. Das alles habe ich erst lange nach dem Krieg erfahren. Aber in dieser Nacht sind mir wohl zum ersten Mal solche Gedanken gekommen.

Bald waren diese unklaren Reflexionen über „unseren Kampf im Osten" wieder überlagert vom täglichen Kriegsgeschehen, aber der Gesang der Gefangenen, dieses für mich später als ein Schlüsselerlebnis empfundene Konzert auf dem Tigoda-Ufer an einem Sommerabend, hat meine wenigen Begegnungen mit russischen Menschen, die wir als kämpfende Truppe hatten, beeinflusst und mich sensibel gemacht für mein Verhalten ihnen gegenüber.

Sie sind eine ziemlich neue Errungenschaft der Waffentechnik: fünfzehn bis zwanzig Zentimeter lang mit einem Durchmesser von zirka drei Zentimetern und einem aufgeschraubten Zünder, der einem Pilzkopf ähnlich sieht. Wir hatten solche Dinger noch nicht in Gebrauch, die jetzt in Kisten mit dem Aufdruck „Gewehrgranaten" verladen werden sollen. Wie ihre Bezeichnung andeutet, werden sie auf die Mündung des Gewehrlaufes gesetzt und weniger gegen einzelne Gegner als vor allem auf Gruppen gefeuert. Man spricht von einer verheerenden Wirkung, ähnlich der von Handgranaten.

Die relativ kleinen Kisten lassen wir ziemlich unbefangen die leicht gewölbte hölzerne Rutsche hinunterschlittern, die das Kommando vor uns vom hohen Ufer zum Anlege- und Verladesteg gebaut hat.

Plötzlich blitzt es unten zwischen den Kisten grell auf. Und ein lauter Knall, der einen erheblichen Luftdruck erzeugt, bringt uns zum Verstummen. Wie alle anderen springe ich instinktiv zur Seite und suche Schutz hinter einem spärlichen Busch.

Nach Augenblicken lähmender Stille setzen die Schreie ein. Noch zögere ich. Wissend, was da gleich auf mich zukommt, möchte ich meiner Angst nachgeben und mich hinter diesem lächerlichen Strauch versteckt halten. Doch dann stehe ich auf, taste zugleich nach dem Verbandspäckchen, das in einer leicht aufknöpfbaren Innentasche der Feldbluse zur Standardausrüstung gehört, und laufe in Richtung Rutsche.

Auf den schmalen, in das Ufer gegrabenen Stufen schleppen unverletzte Kameraden die Verwundeten hoch, die ihre Träger wegen mangelnder Vorsicht und Behutsamkeit anschnauzen. Doch ohne beleidigt zu sein, legen diese keuchend und schwitzend ihre stöhnenden und ächzenden, in Zeltbahnen hängenden Kameraden dorthin, wo Gras oder Kräuter einen harten Teppich bilden und Sträucher ein wenig Schatten spenden.

Unser Sanitäter, der sich mit seinem Heilgehilfen um die schweren Fälle kümmern muss, sieht mich mit dem Verbandspäckchen in der Hand hilflos um mich schauend herumstehen: „Los, in der Nähe der Russenbude, da hat einer was am Kopf und hinterm Ohr!"

Er sitzt da mit blutüberströmtem Gesicht. Ohne nach einer Wunde zu suchen, umwickle ich ihm Stirn und Hinterkopf.

„Hast du noch dein Verbandspäckchen?"

„Ja, fass mal in meine Feldbluse!"

Ich brauche das zweite Päckchen für das stark blutende Ohr. Den Zellstoffpacken draufgedrückt und die daran gewebten Mullbinden fest um den Kopf gewickelt – fertig. Hauptsache, der Blutfluss wird erst einmal gestoppt.

„So, jetzt zieh die Feldbluse aus. Davon machen wir eine Nackenrolle. Dann legst du dich hin."

Gehorsam tut er alles, was ich sage. Als er auf dem Rücken liegt, schiebe ich ihm die zusammengerollte Feldbluse ins Genick.

„Gib mir mal dein Taschentuch!"

Aber seine Hände zittern stark und ich hole mir das Tuch selbst aus seiner Hosentasche.

„Ich gehe zum Fluss und mache es nass. Dann wasche ich dir das Blut vom Gesicht. Bleib still liegen!"

Auf dem Ufer zerfetzte Kisten, Holzsplitter und Erdbrocken. Ein ziemliches Loch im Steg, gleich am Ende der Rutsche. Ich schwenke das Taschentuch des Kameraden im Wasser der Tigoda und mache mich mit dem triefenden Lappen wieder nach oben.

Plötzlich sehe ich einen Kameraden mit aufgeknöpfter, blutverschmierter Jacke und hochgeschobenem, noch blutigerem Hemd liegen. Auf dem Bauch des stöhnenden

Mannes liegt ein rosarotes Stück seines herausgequollenen Darmes.

Der „Sani" kommt mit einem Packen Zellstoff: „Dem musste ich die Arme festbinden, weil er sich das Ding immer wieder reinstopfen wollte. Die vom Verbandsplatz werden gleich da sein. Und dann ab damit, wir können hier doch nichts mehr machen. Gib dem bloß nichts zu saufen, und wenn er noch so bettelt!"

Er legt auf den herausgequollenen Darm einen Packen Zellstoff.

„Und was macht der Kopf dahinten?"

„Ich habe ihn verbunden und hingelegt. Jetzt war ich am Wasser, will ihm noch das Gesicht waschen."

„Gut."

„Wie viele?"

„Vier von uns und drei von den Russen. Einem von uns habe ich den Oberschenkel geschient, ob er das Bein behält: nicht mehr unser Bier. Auf jeden Fall müssen alle weg."

Ich gehe weiter. Die Russen gießen einem ihrer Verwundeten mit einem Eimer Wasser übers Gesicht. Er scheint ohnmächtig zu sein. Was er abbekommen hat, kann ich nicht sehen. Nach jedem Wasserguss bewegt er sich, als wollte er gleich erwachen.

Mein Kopfverletzter liegt da mit blutverkrustetem Gesicht, das ich ihm jetzt notdürftig mit dem nassen Taschentuch reinige.

„Danke, Kumpel!"

„Wofür? Kannst dich ja vielleicht mal revanchieren. Schmerzen?"

„Kaum. War nur erst der Schreck."

„Klar. Gleich kommen sie und holen euch alle ab. Vielleicht reicht's ja bis nach Hause."

„Glaube ich nicht, aber schön wär's schon."

„Na dann mach's gut!"

„Du auch."

Ade Tigoda! Andere Pioniere lösen uns ab. Wir bleiben zwar noch für eine Zeit irgendwo im Tigodagebiet, den Fluss aber sehen wir nicht mehr.

Oktober 2001. Von der Tigoda fahren wir weiter durch die unter herbstlichem Hochnebel liegende Landschaft. Gelbes Laub leuchtet durch milchigen Schleier.

Trotz unsichtbarer Sonne und verschwimmendem Horizont blicken wir auf ein seltsam leuchtendes Bild: schwermütig und beschwingt, traurig und traumhaft wie die Lieder der Gefangenen, die ich beim flüchtigen Erinnern auf der jetzt hinter uns liegenden Brücke wieder zu hören glaubte.

Dann: der Wolchow!

Zum dritten Mal sehe ich diesen Fluss. Damals, zum ersten Mal, war ich einige Tage an seinem rechten, dem östlichen Ufer, später, im Winter, wieder auf „unserer" Seite und bis zur Mitte auf dem Eis des zugefrorenen Stromes, während der achtzehn Monate in jenem Frontabschnitt, dem er seinen Namen gab: Wolchowfront.

Doch wer sonst kannte Wort und Begriff außer uns? Wer wusste, was sich verbarg hinter Wolchowfront, Wolchowkessel, Wolchowschlachten und Wolchowknüppel, einem derben Gehstock, den wir uns aus dem Holz der Wälder schnitzten?

Dieser Teil der langen Kampflinie „Von Finnland bis zum Schwarzen Meer" und noch weiter bis zum Kaukasus wurde in den Wehrmachtsberichten kaum erwähnt.

Beim erinnernden Schauen aus dem Wagenfenster habe ich gar nicht bemerkt, dass wir schon am Ziel sind:

Wir rollen über eine neue Brücke in die Stadt, die von 1941 bis 1944 von den Deutschen als Brückenkopf gehalten wurde, auf dem auch unser Bataillon während meiner Ostfrontzeit für einige Wochen eingesetzt war.

Nur mit Grauen denken alle, die dort waren, an die damals zum Teil gesprengte Eisenbahnbrücke und den Namen dieses Ortes: Kirischi.

Ein Knüppeldamm nach Leningrad

An der Wolchowfront liegen heißt nicht unbedingt, am Ufer dieses Flusses oder eines seiner Nebenflüsse. Jetzt liegen wir irgendwo in einer Geländemulde.

Unsere Aufgabe ist es, einen neuen Knüppeldamm zu errichten, eine aus Baumstämmen unterschiedlicher Dicke und Länge simpel konstruierte, aber in diesem Feldzug notwendige und durchaus bewährte Art hölzerner Straße. Nicht weit von den Unterkünften beginnt sie auf leicht ansteigendem Gelände und führt auf eine Waldschneise zu. Es geht das Gerücht: „Angriff auf Leningrad!" Wieder einmal! Uns war nicht bekannt, dass diese eingeschlossene Millionenstadt laut Hitlers Befehl überhaupt nicht eingenommen werden sollte. Solche Befehle wurden nur bestimmten Offizieren erteilt, die sie ihrem Kampfauftrag entsprechend umzusetzen hatten. Darum war Leningrad für uns als Einheiten auf der unteren Ebene immer noch ein potenzielles Eroberungsziel und der große Angriff lediglich eine Frage des richtigen Zeitpunktes.

Als wir an diesem Knüppeldamm für einen imaginären Angriff auf Leningrad arbeiteten, vertrat unseren auf Urlaub gefahrenen Chef ein Offizier unserer 2. Kompanie, den ich schon von Königsberg kannte. Er war inzwischen Oberleutnant und mit beiden Eisernen Kreuzen dekoriert. Morgens erschien er mit seinem Melder, mitunter auch allein, dafür aber hoch zu Ross, an unserer Einsatzstelle.

Ich gehörte zu den Baumfällern im Wald. Auch hier half uns ein Kommando gefangener russischer Soldaten. Sie hatten vor allem Stämme aus dem Wald an die Knüppeldamm-Baustelle zu schleppen. Ihre Unterkunft war eine aus Tannenzweigen gebaute lange Bude in diesem Wald. Man ahnte, wie feucht es darin sein musste, zumal wir einen mehrtägigen Regen hinter uns hatten. Auch in unseren Viermann-Unterkünften wurden die tagsüber durchnässten Klamotten nachts nicht trocken, und wir zogen sie morgens feucht und schwer wieder an.

Beim Fällen, Entästen und Zerschneiden des Holzes auf die vorgeschriebenen Längen trugen wir Gummistiefel. Die Füße der Gefangenen dagegen steckten in zerfetzten Schuhen oder Stiefeln, die längst durchweicht, ausgelatscht und aus den Nähten geraten waren, so dass sie die Füße kaum schützten, geschweige denn wärmten. Einige hatten Beine und Füße mit undefinierbaren Lumpen umwickelt.

Auch heute kommt er zu Pferd. Auf dem dunkelbraunen Wallach sieht Oberleutnant D. größer aus, als er ist. Er sitzt elegant ab, hält die dem Pferd abgestreiften Zügel hoch, ein besonders Dienstbeflissener nimmt sie ihm sofort ab und bindet das Tier an einen Baum.

Auf das „Achtung!" unseres Kommandoführers sind wir aufgesprungen. Ich halte wie die anderen meine halb aufgerauchte Zigarette in hohler Hand, die ich deshalb nur schlaff „an die Hosennaht" anlegen kann. D. lacht und legt lässig die Hand an seine silberbekordelte Mütze, die mit pfiffigem Kniff schräg über das linke Ohr gezogen ist. Er sagt: „Danke! Machen Sie weiter Pause."

Wir setzen uns wieder auf den Stapel gefällter Baumstämme und rauchen weiter. Einige essen etwas. Auch D. setzt sich, holt sein Zigarettenetui heraus und sofort brennt der berühmte Lichterbaum, was bedeutet, dass ihm einige brennende Feuerzeuge oder Streichhölzer hingehalten werden. Er macht einen tiefen Zug, will gerade mit dem Kommandoführer ein Geplauder über unsere Arbeit beginnen, da fällt sein Adleraugenblick auf die im Dämmerlicht sitzenden Russen, die ihre scheußlichen, aus den Tabakresten der ihnen gnädig zugeworfenen Kippen oder einigen Krümeln Machorka mit Zeitungspapier gedrehten Glimmstängel paffen.

Wie eine Stahlfeder schnellt D. in die Höhe: „Aber was sehe ich denn da? Russen, die Pause machen?" Und zieht seine Reitgerte aus dem Stiefel, springt zu den Russen hin, brüllt: „Dawai! Dawai! Raboti! Raboti!" Und schlägt bei jedem „Raboti" oder „Dawai" auf einen anderen Russen ein, egal, wohin er ihn gerade trifft – solange, bis er alle schreiend und prügelnd hochgescheucht hat. Noch keuchend sagt er zu uns allen: „Merken Sie sich das ein für alle Mal: Russen machen grundsätzlich keine Pause!" Und zum Kommandoführer: „Stellen Sie einen Mann ab, der die Russen an der Arbeit hält. Er kann die Pause nachholen, wenn Ihre Leute sie beendet haben. Machen Sie weiter!"

Das heißt, wir dürfen sitzenbleiben, während er zu seinem Pferd stiefelt, das der Eifrige von vorhin ihm schon am

Zügel zuführt. Er schwingt sich gekonnt in den Sattel und legt die Hand noch einmal lässig grüßend an seine kesse Mütze.

Kein Missverständnis! Nicht nur dieser oder jener Offizier verhielt sich den Russen gegenüber so. Menschlichkeit und Unmenschlichkeit sind nicht an einen Dienstgrad gebunden, auch wenn der Krieg sein eigenes Gesetz hat und Menschlichkeit bei denen, die sie ausüben möchten, oft erschwert oder unmöglich macht. Eine Diskussion nach dieser „Lektion" über den Umgang mit russischen Gefangenen hat es nicht gegeben. Auch mich selbst hat das Ereignis nicht lange beschäftigt.

Nein, ich war kein „Engel der Gefangenen", auch wenn ich nie einen geschlagen habe und denen, die mir persönlich bei der Arbeit halfen, statt Kippen ganze Zigaretten schenkte und mir ihre Fotos von zu Hause zeigen ließ. Aber ich habe nie eingegriffen oder mein Missfallen ausgedrückt, wenn ich sah, wie auch untere Dienstgrade und einfache Landser Russen schlugen oder mit Füßen traten.

Ein Gefangener, der älter wirkte als seine Kameraden, wozu auch sein schwarzer, leicht graumelierter Vollbart beitrug, benahm sich besonders auffällig. In einem langen verfilzten, erdbraunen Mantel, den er immer aufgeknöpft trug, bewegte er sich betont langsam. Auch Anfeuerungsrufe holten ihn nicht aus seiner stoischen Trägheit. Einmal sah ich, wie einer unserer Unteroffiziere ihm mit einem Knüppel Schläge über den Rücken zog, aber er ging nicht schneller. Der Unteroffizier trat ihm in den Hintern, er stolperte einige Schritte vorwärts und ging in seinem gewohnten Tempo weiter. Trug sein Trupp einen schweren Stamm auf den Schultern, ging er langsamer als die anderen; dabei war es wichtig, im Gleichschritt und möglichst schnell zu gehen, denn die Last wird immer schwerer, je länger man sie geschultert hat. So war dieser mürrische Mensch ein Bremser in jeder Hinsicht, den man am besten mit Axt und Beil bewaffnete und Zweige oder Äste abschlagen ließ, damit er den Laden nicht aufhielt.

Heute wollen sie eine riesige Fichte fällen. Genau in der Lücke, in welche sie fallen soll, steht er. Mit einer Axt über einen langen, bereits flachgelegten Stamm gebeugt, schlägt er betont langsam Äste und Zweige ab.

Wer auch immer den Plan geschmiedet haben mag, oder ob es sich einfach so ergibt: Sie lassen den Mann ruhig weitermachen und rufen, als die Fichte sich zu neigen anfängt, im Fallen schneller wird und bereits andere Bäume rauschend mit ihren mächtigen Ästen streift, erst im allerletzten Augenblick: „Wenimanje!" Wenimanje!" Achtung, Achtung! Er schaut nach oben, sieht die Fichte auf sich zu stürzen und – bleibt aufrecht stehen.

Die Rechnung derer, die ihn vielleicht beseitigen wollten, geht nicht auf. Er steht neben dem oberen Drittel des gefällten Baumes, den Mantel wie immer offen, die Axt in der rechten Hand, der linke Arm hängt herunter – nicht einmal eine instinktiv abwehrende Bewegung hat er gemacht. Nur seine Pelzmütze sitzt schief auf dem Kopf, von einem Zweig der fallenden Fichte gestreift.

Oktober 2001. Der gefürchtete Standardpanzer der Russen, der „T 34", ist an allen Gedenkstätten des „Großen Vaterländischen Krieges" auf mehr oder weniger hohen Sockeln und immer wieder frisch lackiert anzutreffen. Er mahnt uns auch in Kirischi, das damalige Geschehen nicht zu vergessen. Bei mir persönlich hätte es dieser Mahnung nicht bedurft, aber ich bin sehr einverstanden, als wir zuerst bei der Gedenkstätte für die hier in den Jahren 1941-1944 gefallenen Soldaten der Roten Armee einige Minuten still verweilen.

Abseits von den Neubauten halten wir an einer Bushaltestelle. Und hier hocken sie oder stehen da, wie ich sie auch damals sah, wenn wir ihnen in den Dörfern hinter der Front begegneten: Frauen mit Kopftüchern oder Pelzmützen, unförmig in wattierten Jacken, Mänteln und Stiefeln steckend. Ähnlich die Männer. Alle haben in Kirischi eingekauft. Man sieht es an den prall gefüllten Plastikbeuteln, die sie neben sich stehen haben. Einige Schritte weiter entdecken wir einen Laden. Und da wir Hunger haben ... Aber Sergej schlägt vor, zunächst noch das Tageslicht zu nutzen und zu Fuß mit ihm zum Fluss zu gehen.

Reste von Mauerwerk, Ruinen in einer großen planierten Fläche, junger Baum- und Buschbestand, dazwischen Schlackenwege, eine neue Parkanlage andeutend, ein schmaler Pfad an deren Rand – wir sind am Wolchowufer. Und da liegt sie, fast zum Greifen nahe: die Brücke! Und drüben der hohe Bahndamm! Von dort sind wir im Sommer 1942 gekommen, als Oberleutnant D. uns auf den Brückenkopf Kirischi führte.

Kirischi

Oberleutnant D. ritt uns am hellen Nachmittag voraus in Richtung Kirischi, einer Stadt am rechten, feindlichen Wolchowufer. Beim Rückzug 1941 von Tichwin, weiter ostwärts, das die deutsche Wehrmacht schon erobert hatte, aber dann aufgeben musste, war es gelungen, Kirischi zu halten und damit eine wichtige Bahnlinie des Gegners und den Schiffsverkehr auf dem Fluss auch weiterhin zu unterbrechen.

Den reißenden Bach, der, wie wir später sehen, am Bahndamm in einem Durchlass verschwindet und den wir dort leicht hätten überklettern können, lässt er uns durch waten, nachdem er selbst hindurchgeritten ist.

Als wir nass bis zum Bauchnabel den Bach hinter uns haben, lassen die Zugführer halten, damit wir das Wasser aus unseren Stiefeln kippen können. Ungeduldig kommt unser Vorausreiter zurückgaloppiert, macht zynische Bemerkungen über „so ein bisschen Wasser" und treibt uns zur Eile. Plötzlich das matte „Plopp" von Granatwerferabschüssen, dem nach Augenblicken das Geräusch flatternder Vögel folgt, übergehend in ein scharfes Zischen, dem Sekundenbruchteile später die krachenden Einschläge folgen. Aufschlagzünder! Wir liegen alle flach. Irgendwo hört man den Ruf: „Sanitäter!"

So überraschend er begann, so überraschend hört der Beschuss wieder auf, bei dem zum Glück nur ein Mann leicht verwundet wurde.

Wir erreichen den vorgeschobenen Gefechtsstand unserer Kompanie: einen tief in den Bahndamm getriebenen Stollen. D. lässt sein Pferd von hier zum Hauptlager zurückbringen. Mit dem Kompanie-Truppführer Feldwebel Kanitz führt er uns auf den Brückenkopf.

Auf einem schmalen Trampelpfad steigen wir dicht hintereinander am Bahndamm hoch. Mich überfällt wieder das seit Wochen nicht verspürte Gefühl äußerster Gefährdung. Mit jedem Schritt nach oben bieten wir dem Feind die offene rechte Flanke. Aber wir finden bald Deckung hinter dem Gefechtsstand eines Artillerie-Offiziers. Als Batteriechef leitet er von hier das Schießen seiner auf Kirischi feuernden Geschütze. An den Brückenpfeiler auf diesem westlichen Ufer gelehnt und mit diesem verbunden, ist aus soliden Baumstämmen der Gefechts- und Beobachtungsstand gebaut, der von der Feindseite her nicht zu erkennen ist. Dahinter bleibt genügend Platz für uns: Wir stehen oder sitzen, während D. und Kanitz sich bei dem Batteriechef informieren. Da ich ziemlich weit vorn stehe, höre ich mit.

Der Batteriechef ist ein schlanker großer Mann, Mitte zwanzig. Während er spricht, macht er den Eindruck eines Urlaubers in der Sommerfrische.

„Nein", er sieht auf seine Armbanduhr, „jetzt auf keinen Fall über die Brücke! In diesen Minuten, Sie können beinahe die Uhr danach stellen, beginnt der tägliche Feuerzauber, sozusagen als Tagesabschluss."

Aus dem Gefechtsstand höre ich die mir schon bekannten Funkbefehle eines Vorgeschobenen Beobachters und das

„Feuerbereitschaft melden!"

„Mein Leutnant schießt heute Nachmittag für mich", erklärt der Batteriechef. „Ich bin hier ja kein Einsiedler. Funktrupp, Telefonist, Sanitäter, Sie kennen das ja: hat alles darin Platz. – Passen Sie auf! Das sind die Russen. Die wollen heute wohl den Anfang machen."

Drüben ein dumpfes Wummern, dann Heulen – Krach! Bunte Blitze und aufsteigender Rauch markieren die Einschlagstellen.

„So, nun schauen Sie mal, was jetzt passiert!"

Und dann bebt die Erde. Ungezählte Batterien verschiedenster Kaliber schießen von beiden Seiten, und die Einschläge bilden in Sekunden eine Feuerwand in allen Farben des Regenbogens, die sich bei jedem Einschlag neu mischen und ständig verändern. Darüber steht ein dunkelgrauer Rauchvorhang, in dessen unteren Rand es immer wieder bunt hineinflammt – und das alles von Kesselpauken ähnlichen dumpfen Wirbeln der Abschüsse und Einschläge als schaurig-romantische, Erde und Himmel erbeben lassende Symphonie.

Für Minuten vergesse ich, was hier „gespielt" wird. Und hätte ich sie damals schon gekannt, so wäre mir Georg Friedrich Händels „Feuerwerksmusik" oder das schaurige Finale einer Wagneroper eingefallen.

„Aber worauf schießen die denn, und warum alle auf einmal?", fragt D.

„Nun, man schießt auf die Ziele in den Stellungen der sich gegenüberliegenden Einheiten – oder deren Reste. Man schießt zur gleichen Zeit, damit der Gegner die eigenen Batteriestellungen nicht so leicht ausmachen kann. Besonders für uns ist das günstig. Die Russen sind uns artilleristisch überlegen, zum Beispiel mit einem hervorragenden Schallmess-System, aber auch an Masse."

Das hat mich zurückgeholt auf den grausigen Boden der Realität. Man schießt diese Unmengen an Granaten auf Menschen, die sich dort in Gräben, Sappen oder Trichtern gegenüberliegen, oft nur wenige Meter vom Gegner getrennt, die sich da jetzt an den Boden pressen, irgendwie zu verkriechen suchen oder im Keller einer Ruine nichts weiter tun können, als auf einen Volltreffer zu warten, die Verwundete schreien hören und „Sanitäter!" brüllen, Notverbände anlegen, auch noch aufpassen müssen, ob nicht unter Ausnutzung dieses Feuerschlages ein Trupp von der anderen Seite versucht, sich im Nahkampf einen Graben, einen Trichter oder ein Kellerloch zurückzuholen – sie alle sehen keinen bunten Feuervorhang! Sie werden, wenn der „Zauber", den nur wir aus der Distanz als solchen erkennen, vorbei ist, Verwundete bergen und zu einem Verbandsplatz schleppen oder Tote einsammeln, unterstützt von hilfswilligen russischen Gefangenen, die als Freiwillige mit gelber Armbinde Verletzte und Tote aus dem Vorfeld unter Einsatz ihres Lebens holen – für ein wenig bessere Behandlung und Verpflegung. Und mir ist auch wieder bewusst: Gleich, wenn das Feuer aufhört, müssen wir, muss ich dorthin, und morgen schon liegen wir unter diesem bunten Vorhang und hören diese Todesmelodie und beben mit Himmel und Erde um unser Leben.

Der freundliche Batteriechef ermahnt: „Passen Sie auf der Brücke gut auf! Die Russen beharken sie dauernd mit schweren MGs."

Er verabschiedet sich von D. und Kanitz mit Handschlag: „Viel Soldatenglück. Und Hals- und Bauchschuss!"

D. wird vorangehen, Kanitz den Schluss machen und, wenn wir drüben sind, melden, ob alle dabei heil blieben. Von unserem geschützten Platz steigen wir hinunter. Einzeln und in zeitlichen Abständen. Der ersten Strecke der Brücke ist das Widerlager weggesprengt worden. Auf dem ersten Pfeiler im Fluss, wo sie mit der nächsten, waagerechten Strecke zusammenstößt, blieb sie allerdings hängen. Sie liegt als Schräge, zum Teil im Wasser, vor uns. Über einen gezimmerten Steg gelangt man trockenen Fußes bis zu der Stelle, wo sie aus dem Wasser ragt.

Die Bahnschienen sind mit Brettern und Bohlen ausgeglichen und verhindern, dass jemand mit den Füßen zwischen die Schwellen gerät. Ein grob gezimmertes Geländer sorgt dafür, dass niemand beim Laufen in den Wolchow fällt.

Stromaufwärts, jetzt vom Westufer aus gesehen rechts, ist eine etwa mannshohe Sichtblende aus Reisigbündeln bis zum Ostufer angebracht. Dort liegt das, was von dem Ort Kirischi übriggeblieben ist. Dort liegen sich Deutsche und Russen gegenüber. Und von dort aus hat der Feind volle Sicht auf die Brücke.

Nach dem Artilleriespektakel wirken die Detonationen und der Gefechtslärm aus den Stellungen beinahe leise.

Aber wir hören auch auf die Brücke gerichtetes Feuer aus schweren russischen MGs, erkennbar am Klang einer im Vergleich mit unseren MGs langsameren Schussfolge und natürlich am Pfeifen der Einschläge in die Sichtblende und durch diese hindurch. Die MG-Garben erfolgen in unregelmäßigen, nicht zu berechnenden Abständen oder immer dann, wenn die Schützen durch die Sichtblende, die längst Lücken und Löcher hat, eine Bewegung erkennen. Wir laufen! Einzeln. In großen Abständen. Geduckt. Die Russen schießen. Nicht nur mit MGs. Auch Einzelfeuer meine ich zu hören.

Drüben sammeln wir uns bei Oberleutnant D. hinter einem zerschossenen Gebäude. Endlich springt Kanitz heran und meldet, dass alle heil „rübergekommen" sind.
Was ich beim Überqueren dieses „Himmelfahrtsstegs" empfand, vermag ich kaum auszudrücken. Du läufst um dein Leben; weißt, dass du Zielscheibe bist. Ein Ur-Instinkt und eingedrilltes Verhalten bei Beschuss fließen ineinander. Weil aber auch die beste und härteste militärische Ausbildung der Wirklichkeit des Krieges allenfalls nahekommt, ist dieser Instinkt, dieses fast animalische Überleben-Wollen vorherrschend und lässt weder rationale noch irrationale gedankliche Seitensprünge zu. Das hat so gut wie nichts mit Mut oder Tapferkeit zu tun.
Jetzt, ich bin einer der Ersten, die nach D. angekommen sind, denke ich an die Männer, die täglich die Verpflegung in schweren Behältern zum Brückenkopf schleppen und

wieder zurückmüssen. Ich denke an alle anderen, die wie wir auf Befehl über diese halb kaputte Eisenkonstruktion hüpfen müssen. Einmal habe ich diesen Übergang heil überstanden. Ob ich den Rückweg noch gehen kann und wenn ja – heil?

Oberleutnant D. bringt den größeren Teil unseres Kirischi-Kommandos in die Stellungen. Kanitz weist in den Keller eines zerschossenen Hauses ein. Was er uns dort mitteilt, lautet kurz und bündig: „Sicherung des Regimentsstabes gegen Panzerangriffe."

Nebenbei erzählt er, der Divisionskommandeur habe angeordnet, jeder, der einen Panzer „knacke", sei auf der Stelle zum Divisionsstab zu bringen. Dort erhalte er die nächste Stufe des Eisernen Kreuzes und selbstverständlich das Panzervernichtungsabzeichen. Außerdem würden der Mann oder die Gruppe sofort für zwei Wochen auf Heimaturlaub geschickt:

„Na, Leute, wenn das keine Aussichten sind! Aber Hauptsache, ich kann euch, wenn der Einsatz hier vorbei ist, alle wieder heil über die Brücke nach drüben bringen."

Er gibt jedem die Hand und verlässt unseren Keller.

Mit unserem wenigen Gepäck waren wir bald eingerichtet. Ohne Stiefel und Feldblusen, ansonsten angezogen, lagen wir auf den Betten, rauchten, machten unsere Witze über die Unterkunft und erörterten ernsthaft, was wäre, wenn …? Wenn plötzlich so ein verrückter T 34-Kommandant auf die Idee käme, diese Häuserreste auch noch platt zu machen?

Für heute hat jeder Kaltverpflegung dabei und die Feldflaschen sind mit Tee gefüllt. Ab morgen heißt es zu warten, bis die Essenträger kommen.

Während wir essen, diskutieren wir, ob wir eine eigene Wache benötigen und einigen uns auf einen Einzelposten mit stündlicher Ablösung. Einer, der kurz draußen war, meldet völlige Ruhe und Dunkelheit. Wir teilen die Wache ein und pusten die Lichter bis auf je eines in beiden Räumen aus.

Noch schlafen wir trotz der voraufgegangenen Strapazen nicht schnell ein. Alle an die Nerven gehenden Momente schwingen nach und verbinden sich mit der Erwartung oder auch der Angst im Blick auf das Bevorstehende. Wir sind überdreht. Gesprächsfetzen fliegen durch unseren Keller. „Glühwürmchen", Zigaretten, zeigen an, wo noch einer wach liegt, und wenn er einen Zug macht, erhellt sich für einen Augenblick sein Gesicht. Doch irgendwann erbarmt sich Morpheus und nimmt mich in seine Arme.

Ich werde von einem Geräusch geweckt, das allen Soldaten der Ostfront vertraut ist, verursacht von einem Fluggerät, das sie verspotten und fürchten. Auch über den Frontabschnitten, in denen wir bisher lagen, hatten wir es kennengelernt. Dabei handelt es sich um ein kleines zweisitziges Flugzeug, das abends dicht hinter der russischen Front startet und im langsamen Tiefflug über einer deutschen Stellung kurvt. Nach seinem tuckernden Motorgeräusch nennen wir es Nähmaschine. Noch verbreiteter ist die Bezeichnung „Eiserner Gustav"; denn sein Pilot scheint eiserne Nerven zu haben. Außerdem wirft sein zweiter

Mann auch mit Eisen, sprich: Bomben.

„Gustav", kaum zu glauben, sprach auch. Im Gleitflug, nur unterbrochen von gelegentlichem Zwischengas, tönte es durch einen Lautsprecher auf uns herab, dass unser Kampf aussichtslos sei und wir überlaufen sollten in die herrliche sowjetische Gefangenschaft mit guter Unterkunft und Verpflegung satt bis zum Ende der Naziherrschaft.

Mitunter wird diese Einladung auch eingeleitet mit dem Satz: „Hier spricht der Gefreite Soundso" und es folgen genaue Personalien und Heimatanschrift. Dann läuft ein Tonband mit der Stimme des ominösen Gefreiten. Am Schluss des verbalen Intermezzos kommt die Warnung: „Achtung, jetzt kommt der Tod!" Danach hört man das Flattern der, wie man spottet, von Hand geworfenen Bomben. Kurz darauf kracht es. Der Pilot gibt danach sofort Vollgas und schwirrt im Tiefflug ab über die eigenen Linien.

Hier in Kirischi kommt es mir jetzt vor, als seien unzählige Gustavs über uns, die einander im fliegenden Wechsel ablösen. Dabei ist nicht auszumachen, ob dieses Bombardement gezielt oder einfach als Störung veranstaltet wird. Der Posten im Eingang unserer Kellerunterkunft meldet, er habe sein Hindenburglicht ausgemacht, denn: „Die Luft ist voll von diesen Scheißdingern. Aber sehen kannst du keins."

Motorengeräusch, Flattern der abgeworfenen Bomben, Einschläge: ein Durcheinander todbringender Geräusche. Nur ab und zu sekundenkurze Unterbrechungen, in denen wir ängstlich-gespannt auf die nächsten Abwürfe warten.

Der Boden bebt bei den Einschlägen. Unser Keller, der uns beim Einzug ziemlich sicher vorkam, wackelt. Die Gustavs scheinen mit ihren Bomben auch unsere Ruine auserkoren zu haben. Niemand schläft mehr auf seiner Pritsche. Flüche und Gebete wie „O mein Gott!" oder „Lieber Gott, hilf!" Keine Gespräche, höchstens diese Satzfetzen durchzittern die nicht enden wollende Zeit. Von Flak-Abwehr ist nichts zu hören. Wir rauchen Kette, nebeln uns ein; so kannst du wenigstens etwas tun, und der inhalierte Rauch erzeugt zumindest vorübergehend eine Art von Rausch. Irgendwann kurz vor der Morgendämmerung machen die Gustavs Feierabend und wir sinken in einen kurzen Schlaf.

Ein fremder, stoppelbärtiger Unteroffizier weckt uns schon bald wieder auf. Seine total verdreckte Uniform weist ihn durch das Edelweiß am Ärmel als Angehörigen einer Gebirgsjägereinheit aus, in der man Unteroffiziere Oberjäger nennt. Sein Dialekt klingt bayrisch oder österreichisch: „Seid ihr der Panzervernichtungstrupp? Wir liegen hier rechts von euch. Vor unserer Stellung steht ein T 34. Er kann nicht mehr fahren. Aber er feuert aus Kanone und MG. Sobald wir den Kopf heben, scheppert es. Er steht vor einem Gartenzaun. Davor ist ein Riesentrichter. Wohl von einem Stuka. Unser Oberleutnant hat sich mit einer Hafthohlladung rangemacht. Beim Wegspringen kam er nicht mehr zeitig genug in Deckung. Da hat ihn einer der wegfliegenden Magneten im Kreuz erwischt – tot. Wenn ihr gleich mitkommt, kann ich euch einweisen. Vielleicht könnt ihr ja was machen – sonst müssen wir da abhauen."

Ohne weiter nachzufragen oder Verbindung mit unserem Stab aufzunehmen, den wir doch schützen sollen, folgen wir geduckt dem Oberjäger, nachdem wir schnell alles zusammengerafft haben, was wir benötigen: Hafthohlladungen, das neueste Nahkampfmittel zur Panzervernichtung, das wir bei Tschudowo noch nicht hatten, Handgranaten, eine Kiste mit Sprengkörpern und den erforderlichen Zündmitteln. Jeder hat dazu seine persönliche Handfeuerwaffe: Maschinenpistole, Karabiner oder Pistole 08.

Der Oberjäger sagt: „Also, macht's gut!" Und verschwindet kriechend. Dann rutschen wir in den Trichter vor dem etwa einen Meter hohen Gartenzaun aus Holzlatten, der uns von dem T 34 trennt.

Sehr schnell stellen wir fest, dass von vorn nicht an das Ding heranzukommen ist. Genauer: Die Besatzung im Panzer lässt es uns wissen. Immer wenn sich einer von uns nach oben wagt, feuert ihr MG. Die Geschosse schlagen hinter uns ein, denn wir befinden uns im vorderen toten Winkel. Aber auch wenn sie uns bei richtigem Verhalten nichts anhaben können, führen sie uns doch die Aussichtslosigkeit vor Augen, diesen Panzer knacken zu können.

Zwischen den heißen Grüßen aus dem stählernen Gegenüber verzehren wir unsere bereits am Vorabend für den heutigen Tag empfangene Verpflegung und überstehen den nachmittäglichen Feuerzauber der Artillerie beider Seiten, dem wir gestern vor unserem Lauf über die Brücke zuschauten. Jetzt erleben wir ihn nur als ohrenbetäubendes Donnern, Rauschen und brodelndes Beben über und unter uns. Um die Feuerwand zu sehen, müssten wir die Köpfe aus dem Trichter stecken. Sie steht vor uns über den Stellungen in den Trümmern der Stadt Kirischi.

Die Sonne steht schon tief. Wir sind immer noch unentschlossen. Sind wir vielleicht zu zahlreich und haben deshalb so viele Wenn und Aber? Würden wir zu zweit oder zu dritt mehr riskieren? Warum kann man diesen lahmgeschossenen T 34 nicht einfach dort stehen lassen, von weitem überwachen und warten, bis der Besatzung die Munition und die Brötchen ausgehen? Warum lassen sich die Gebirgsjäger überhaupt nicht sehen? Haben sie längst die Stellung gewechselt und uns dafür als Alibi benutzt?

Unser Truppführer war kein entschlossener Befehlsgeber. Und Erfahrung hatten nur wir „Panzerknacker" von Tschudowo. Dort hatten wir allerdings eine völlig andere Situation. Das ganze Unternehmen erschien uns plötzlich total blödsinnig. Wer hatte es überhaupt befohlen? Der erschöpfte Oberjäger hatte nur von uns gehört und einfach gebeten, „was zu machen". Wir sollten doch den Regimentsstab vor Panzern schützen, aber nicht Hinz und Kunz gehorchen und hinterherlaufen.

Es war dunkel über dem Land und dem Brückenkopf. Die ersten Nähmaschinen gurkten bereits unter dem Nachthimmel, da krochen wir leise aus dem Trichter und schlichen zurück in unseren Keller.

Nach diesem kampflosen Kampftag fielen wir total übermüdet in einen Tiefschlaf. Die Bomben der Gustavs hörten wir in dieser Nacht nicht. Wunderbarerweise verfehlten sie uns nun schon zum zweiten Mal.

Zum Regimentsstab besteht keine Verbindung. Wo liegt der eigentlich? Möglicherweise haben die Herren bereits verlegt. Wir beschließen, uns zum Gros der Kompanie aufzumachen, die jetzt irgendwo uferaufwärts in den plattgemachten Häusern der Stadt Kirischi liegt.

Ein Stander mit dem Pionierzeichen und der Nummer 1.Pi21 weist den Rest eines Erdgeschosses oder Kellergewölbes als Gefechtsstand unserer hier eingesetzten Truppe aus. Mit großem Hallo werden wir von der kleinen Schar der anwesenden Zugführer mit ihren Meldern und Funkern begrüßt. Die Kampftrupps sind irgendwo „weiter oben". Man habe schon eine Menge Ausfälle. Hauptmann Scholz sei übrigens aus dem Urlaub zurück. Er werde heute erwartet. Oberleutnant D. sei wieder zur 2. abgehauen. Im Augenblick wolle man uns auch nicht vorn einsetzen. Den Rest der Kompanie zu verheizen, sei nicht im Sinne des Chefs.

Wir richten uns in diesem Gewölbe, in dem niemand aufrecht gehen oder stehen kann, irgendwo und irgendwie ein. Alle seufzen über Wassermangel. Die eine Feldflasche voller Tee oder Kaffee muss für vierundzwanzig Stunden reichen. Das ist entschieden zu wenig in dieser Sommerhitze. Unter der Decke haben unsere Leute leicht durchhängende Zeltbahnen angebracht, in denen sie durchsickerndes Regenwasser von gelegentlichen Sommergewittern auffangen. Das trinken wir. Klar, dass an Waschen überhaupt nicht, an Rasieren nur selten zu denken ist. Das Fehlen primitivster Hygiene macht uns aber kein Kopfzerbrechen. Auf diesen wenigen Quadratkilometern Brückenkopf zu überleben ist alles, was uns ernsthaft bewegt.

Am Spätnachmittag nach dem täglichen Artillerieduell kommen die Essenträger. Endlich können wir unsere knurrenden Mägen füllen. Außerdem kommen Hauptmann Scholz und Feldwebel Kanitz. Letzterer verteilt die Post. Dann berichten die Zugführer dem Chef über die derzeitige Situation in den Stellungen. Nachdem Scholz ihnen einige Weisungen erteilt hat, spricht er jeden persönlich an und erkundigt sich nach seinem Befinden. Als ich ihm von unserem seltsamen Einsatz erzählt habe, fragt mich der dabei stehende Kanitz: „Wollen Sie nach Rocca al Mare?"

Ich kann die Frage nicht einordnen. Zwar habe ich gehört, Rocca al Mare sei das Divisions-Erholungsheim in Reval, dachte aber nie im Traum daran, mich als einen der Auserwählten zu betrachten, die nach welchen Kriterien auch immer für zwei Wochen dorthin geschickt werden. So schaue ich ziemlich blöde und sprachlos aus der Wäsche, und der Chef sagt: „Na, wenn Sie nicht wollen – sonst machen Sie sich schnell fertig, wir nehmen Sie gleich mit rüber." Und Kanitz setzt nach: „Na los! Sie sind dran mit Rocca al Mare. Übermorgen fahren Sie ab."

Zu dritt springen wir in gebührenden Abständen über die Brücke. Das langsame Tack-Tack der russischen Maschinengewehre und vereinzelte Gewehrschüsse beflügeln unseren geduckten Wettlauf mit dem Tod.

Beim freundlichen Batteriechef auf der westlichen Seite

des Flusses ein kurzer, höflicher Halt und eine knappe Unterhaltung der beiden Offiziere. Weiter am Fuß des Bahndamms bis zum Gefechtsstand tief im Inneren dieses Walls.

„Sie können die Nacht bei uns verbringen, aber auch sofort bis zum Tross gehen. Das ist nicht weit. Sie gehen am besten, es ist ja gleich dunkel, auf oder neben den Bahngleisen, dann können Sie das Lager nicht verfehlen."

Ich will keine Zeit versäumen, danke für die Einladung und sage, ich möchte gleich weitergehen. Kanitz gibt mir die schon fertigen Marschpapiere.

Die tiefe Dämmerung geht bald in Dunkelheit über. Mit jedem meiner Schritte auf dem Trampelpfad neben den Gleisen des immer niedriger werdenden Bahndamms lasse ich die Nähmaschinengeräusche der eifrig bombenden Gustavs hinter mir. Zurück bleiben auch die Blitze und das Sekunden darauf folgende Krachen der Einschläge, verlieren mit jeder Schwellenbreite, die ich hinter mir lasse, ihre furchteinjagende Nähe. Eine seit Tagen und Nächten nicht mehr „gehörte" Stille scheint mich einzuhüllen.

Ich blicke nicht mehr zurück nach dem mörderischen Kirischi. Der Wolchow ist mir nicht zum Todesfluss geworden, ich habe die Rückkehr von dieser „Toteninsel" als Lebender geschafft. Doch ich haste weiter, lasse mir keine Zeit. Treibe ich mich an? Werde ich getrieben? Ein Traumwandler bin ich. Erst nach einer unendlich scheinenden Zeit spüre ich die empfindliche Kühle dieser russischen Sommernacht, sehe, dass der Bahndamm jetzt fast ebenerdig verläuft und links und rechts dunkle Wälder bis auf wenige Meter Grasstreifen an ihn heranreichen. Den bis zwischen die Baumspitzen herableuchtenden Sternenhimmel und irgendwo einen lichtspendenden Mond nehme ich bewusst wahr – aber wo befinde ich mich? Bin ich schon am Lager unseres Trosses vorbeigelaufen und habe mich längst einer anderen Front genähert? Da geht links hinter den Bäumen eine Leuchtkugel hoch!

„Parole?" Ein Posten mit Maschinenpistole unter dem Arm tritt aus dem Schatten der Bäume und verlangt das Kennwort für diese Nacht.

Jetzt bin ich wieder voll da und habe es parat. Ich verlasse den Bahndamm und gehe dem Posten entgegen. Hinter ihm wird ein Trampelpfad sichtbar, der zu schwach von innen erleuchteten Zelten führt.

„Wo kommst du denn her, Kumpel?"

Ich sage ihm, dass ich von Kirischi käme und den Tross und das Lager der 1. Kompanie des Pionier-Bataillons 21 suche.

Er sagt, hier zu beiden Seiten des Bahndammes gebe es viele Lager von Einheiten, die er nicht alle kenne.

„Aber ich schlage dir vor, hier zu übernachten. Wir sind ein kleiner Verbandsplatz, eine Art Umschlagstelle für Verwundete, die von hier weiter transportiert werden. Komm mit, ich rede mit dem Wachhabenden. Schlaf bis morgen früh, dann findest du deinen Haufen bestimmt besser als jetzt im Dunkeln."

Der wachhabende Unteroffizier dieser Sanitätseinheit ist ein freundlicher Mensch. „Kannst hier bleiben. Komm mal mit!" Er geht mir voraus in eines der Zelte. Auf einigen Feldbetten liegen Verwundete. „Nimm das Bett da in der Ecke. Decken liegen drauf." Dann sagt er zu dem an einem Tisch hantierenden Gefreiten: „Heinz, gib dem Kameraden mal heißen Tee und was zu mampfen, er friert, hat Hunger und bleibt die Nacht hier."

Nachdem er mir eine gute Nacht gewünscht hat, überlässt er mich dem Gefreiten, der mich flüsternd bedient.

Bald liege ich auf dem Feldbett. Im Einschlafen höre ich es, und manchmal schreckt es mich in der Nacht auf: das Stöhnen der Verwundeten. Und ich denke: Vielleicht liegst du auch mal so – und bin schon wieder hinüber.

Der Sanitätsgefreite weckt mich. „Auf, Kumpel! Kannst mit mir frühstücken. Die Sonne scheint schon."

Ich war nicht an unserem Lager vorbeigelaufen, muss wohl auch, als ich vom Wolchowufer losging, gar nicht so weit und so lange marschiert sein, wie es mir vorkam. Jetzt ging ich keine halbe Stunde – und war da.

Den Tag verbrachte ich mit Reinigen und Flicken meiner Uniform. Einen neuen Anzug hätte ich mir für Rocca al Mare schon gewünscht, aber der war nicht vorgesehen. Abends holte ich mir die Marschverpflegung für die Bahnreise, und am nächsten Morgen marschierte und trampte ich zur großen Bahnstation Krasnogwardejskij.

Rocca al Mare

Mit lauter unbekannten Kameraden rolle ich im Güterwaggon dem von Deutschland besetzten Estland entgegen. Die Hauptstadt Reval ist unsere Endstation.

Dort wird uns gleichsam zur Begrüßung ein Saunabad beschert. Danach marschieren wir „ohne Tritt" nach Rocca al Mare. Der Platz mit diesem poetischen Namen entpuppt sich als Herrensitz, der zum Erholungsheim unserer Division umfunktioniert worden ist.

Nachdem wir im großen Speisesaal an weiß gedeckten Tischen zum Abendessen Platz genommen haben, hält der Leiter, ein älterer Hauptmann, eine kurze, in ihrem väterlich-freundlichen Ton rührende Rede. Gütig lächelnd heißt er uns willkommen und verkündet, wir hätten hier nun zwei Wochen lang alle Freiheit und überhaupt keinen Dienst. Zwar sei abends um zweiundzwanzig Uhr wie üblich Zapfenstreich, aber niemand gehe durch die Schlafzimmer und zähle nach. Er habe nur die dringende Bitte an uns, zu den Mahlzeiten zu erscheinen und das wirklich gute Essen nicht zu verschmähen. Im Übrigen wünsche er uns nun einen angenehmen Aufenthalt, gute Erholung und jetzt guten Appetit!

Von den Gebäuden des mit einem Park umgebenen Gutshofes führt ein Pfad durch einen Baumgürtel an das steile Ufer. Und schon liegt mir die Ostsee zu Füßen. Rechts leuchtet in weitem Bogen der weiße Sand des Strandbades Birgitten, links verliert sich der Blick, wo Meer und Horizont miteinander verschmelzen.

Nicht weit vom Ufer entdecke ich an diesem ersten Morgen nach unserer Ankunft eine Sandbank, die mit hohem Gras bewachsen ist, und noch etwas näher einen auf Grund gelaufenen kleinen Frachter oder Fischkutter.

Ich steige eine Treppe hinunter und schaue mir die Faltboote an, Ein- und Zweisitzer, die wir benutzen dürfen, kehre um und komme kurze Zeit später nur mit Turnhose, Sportschuhen und einem weißen Seidenschal bekleidet wieder. Der Schal, den mir meine Mutter geschickt hat, wird in diesem mit herrlichem Sommerwetter gesegneten baltischen Urlaub mein Marken- oder Erkennungszeichen. Mit einem der Faltboote paddele ich zu dem Schiffchen, dessen Bauch ganz im Sand eingesunken ist. Nur das Vorderdeck mit dem Rest eines Mastes und einer niedrigen Reling liegt über der Wasseroberfläche. Ich mache mein Boot mit der Leine an der Reling fest – dann liege ich auf den von Meerwasser und Regen glatt gespülten Decksplanken und setze mich Sonne und Wind aus.

Die reine Luft, der leichte Wind und das leise Plätschern der Dünung fördern meinen Tagtraum, in dem die irgendwann gelesenen Seefahrergeschichten sich mischen und in den mich bald überwältigenden Schlaf begleiten. Von Robinson Crusoe, Sigismund Rüstig, Klaus Störtebecker – „aller Welt Feind, des lieben Gottes Freund" – und Moby Dick träume ich nacheinander und durcheinander, bis ich aufschrecke, weil der Kahn geentert wird …

Ich brauche eine Weile, um mich zu orientieren. Alles

ist noch wie vorhin. Dort hinten liegt Rocca al Mare, und meine Uhr zeigt an, dass ich gerade noch Zeit habe, zurückzufahren und mich zum Mittagessen umzuziehen.

Am Nachmittag nehme ich ein Zweisitzerboot. Mein Ziel ist der Strand von Birgitten, den ich bei schwachem Wellengang bald erreiche. Ich lege mich in den Sand und lasse mich wieder von Wind und Sonne umschmeicheln. Das leise Rauschen einer sehr niedrigen Brandung vermischt sich mit dem Stimmengewirr der vielen Menschen zu einer polyphonen Melodie, die mich für einige Zeit einlullt.

Ab jetzt hieß es jeden Nachmittag: Törn nach Birgitten, Boot auf den Strand ziehen, mich mit der Bootsleine um eine Hand gewickelt daneben legen, in der Sonne träumen und einschlafen. Aber nur ein- oder zweimal wachte ich von selbst auf. Von da an weckte mich ein Mädchen.

Iris nenne ich sie, denn ihren richtigen Namen habe ich vergessen. Iris aber passt zu ihr, erinnert sowohl an die Augen als auch an den Regenbogen, und bunt sieht sie aus im schwarzen Bikini, mit rot lackierten Finger- und Zehennägeln, den dezent getuschten Augenbrauen und Wimpern, dem sorgfältig aufgelegten Lippenrot. Die Farbe ihrer kurzen friseurgelockten Haare liegt zwischen blond und braun. Sie ist sechzehn oder siebzehn, ein Schulmädchen.

„Herbie" nennt sie mich nach ein paar Tagen. Herbie, genau so, wie man es schreibt.

Nachdem sie mich geweckt hat, steigt sie in den Vordersitz und wir fahren los. Mein Schal flattert im Wind, ich singe Iris, während ich paddele, Lieder vor, ich erzähle ihr von mir, sie erzählt mir von sich. So erfahre ich einiges aus ihrem Schülerinnenalltag und von der Art der estnischen Jungen im Unterschied zu den deutschen. Weder sie noch ich sprechen über Politik. Iris erzählt nicht, wie sie sich unter deutscher Besatzung fühlt, und ich frage sie nicht danach. Wenn ich eine Zeit lang schweige, auch das kommt vor, fragt sie in ihrem niedlichen Deutsch: „Was du denkst?" Und besteht auf einer Antwort.

Am Strand oder im Boot, auf dem Schiffswrack oder auf der Sandbank verbrachten wir die Nachmittage, an denen sie keine schulischen oder familiären Pflichten zu erfüllen hatte.

Ob Verliebtheit im Spiel war, die sie nach unserer ersten Begegnung an ihren freien Nachmittagen an den Strand trieb? Vielleicht! Auch ich hätte sie, wenn ich nach meiner Ankunft am Strand nicht schlief und sie mir winkend entgegensprang, in ihrem Deutsch fragen können: „Warum du kommst?" Doch ich habe sie damit weder herausgefordert noch in Verlegenheit gebracht, und ich bin froh darüber. Wenn ich an sie denke, dann denke ich an unbeschwerte Sommertage, die wir wie Freunde oder wie Bruder und Schwester verbracht haben.

Zu schnell, viel zu schnell sind die Tage vorbei! Heute soll der Abschiedsabend als kleines Fest im großen Saal gefeiert werden. Wir sind erwartungsvoll gestimmt, zumal auch Tanz auf dem Programm steht und dazu ein Bus voller Marinehelferinnen erwartet wird. Aus den offenen Fenstern der Küche duftet es verlockend, es wird Zeit, sich ordentlich zu rasieren und die „Tanzschuhe", sprich: Stiefel, auf Hochglanz zu bringen.

Nach der üppigen Mahlzeit, bei der unser warmherziger Hauptmann eine Abschiedsrede hielt, gehen wir in den Park, lungern vor der Freitreppe zum Festsaal herum und warten auf den Bus mit den Marinehelferinnen, die bald eintreffen. Alle sind in Zivil, festlich gekleidet.

Die meisten von uns Fronturlaubern haben keine Hemmungen, mit den jungen Frauen sofort beim Aussteigen Kontakt aufzunehmen und sie in den Saal zu geleiten. Möglich, dass einige bei ihren Streifzügen durch die Stadt längst solche Kontakte mit „der Marine" geknüpft hatten. Ein Feldwebel leitet die heereseigene Band und sagt witzig-charmant die Kabarettnummern und Sketche der Marinehelferinnen an. Außerdem zeigt er bei seiner Conférence auch noch kleine Zauberstückchen und Taschenspielertricks.

Nur eine der Nummern, zwischen denen getanzt wurde, habe ich behalten: den Vortrag einer zierlichen Frau, die als „Ursula" angesagt und von ihren Kameradinnen „Uschi" gerufen wurde. Ihre schlichten Verschen über die Liebe mit der Schlusspointe, dass die Liebe ein Nebenfluss der Nogat sei, kamen mir bekannt vor, faszinierten aber durch ihre Stimme, ihre Körperhaltung, ihre Mimik und ihre sparsamen Gesten nicht nur mich: Der Saal tobte und Uschi hieß nun bei allen „Fräulein Liebe".

Programm und Tanz gingen weiter. Sie saß nicht weit von

dem Sechsertisch, an dem mein Platz war. Ob sie sah, dass ich versuchte, Blickkontakt mit ihr aufzunehmen?

Bei jedem neuen Tanz liefen gleich mehrere „Kollegen" zu ihr hin und der schnellste schnappte sie den anderen vor der Nase weg. Doch dann kündigte der Feldwebel die erste Damenwahl an. Sie stand auf, kam zu unserem Tisch und bat mich um diesen Tanz. Der reichte aus, um die nächsten Stunden beieinanderzubleiben: bei der halbstündigen Pause im Park, danach wieder im Saal bei Tanz und Unterhaltungsprogramm bis zum Abschied am Bus.

Am Spätnachmittag des nächsten Tages, es war der letzte Tag dieses für uns Leute von der Wolchowfront traumhaften Urlaubs, traf ich mich mit Ursula in der Stadt. Ihre Einladung, sie im Appartementhaus der Marinehelferinnen zu besuchen, hatte ich natürlich liebend gern angenommen. Wir machten einen Stadt- und Einkaufsbummel, dann gingen wir zu ihr ...

Als ich mich von ihr verabschiedete, sie hatte mich im Bademantel bis zur Haustür begleitet, dämmerte der Tag herauf. Ein vielstimmiger Vogelchor sang den Background zu unserem ungewissen „Auf Wiedersehen".

Zu packen gab es nicht viel. So konnte ich, angezogen auf dem Bett liegend, bis zum letzten Frühstück noch „eine Mütze voll Schlaf" genießen.

Danach der Marsch zum Bahnhof. Die schmale Straße von Rocca al Mare zur Stadt führte an kleineren Häusern vorbei. Vor einem stand Iris zwischen ihren Eltern.

In den letzten Tagen hatten wir uns nicht mehr treffen können. Als sie mich jetzt entdeckte, winkte sie und rief mich, Weinen in der Stimme und Tränen in den Augen: „Herbie!" Nur einmal. Ich winkte zurück.

Auf dem Bahnhofsvorplatz stand Ursula. Sie sah übernächtigt aus. „Ich komme sofort zurück, wenn ich einen Platz im Zug belegt habe und mein Gepäck los bin", begrüßte ich sie.

Es blieb noch Zeit bis zur Abfahrt des Sonderzuges. Als der Ruf: „Einsteigen und Türen schließen!" ertönte, gab sie mir ein Päckchen. Beim Abschiedskuss weinte sie.

Einige Tage, nachdem ich bei meiner Kompanie eingetroffen war, erreichte mich ihr erster Brief, den ich postwendend erwiderte.

Nach etwa vier bis fünf Wochen, der Sommer ließ schon den Herbst durchblicken, wurde ich zum Spieß auf die Schreibstube befohlen.

„Mein Sohn, an deiner zahlreichen Post sehe ich, dass du beste Beziehungen nach Reval hast." Er zwinkerte mir beinahe kumpelhaft zu. „Nun soll der Oberfeldwebel Lengies für einige Tage nach Reval fahren, um in der Glasfabrik Fensterscheiben für unseren Blockhausbau zuschneiden zu lassen. Er braucht einen Begleiter, der sich dort auskennt. Ich habe dich vorgeschlagen. Morgen geht die Reise los."

So kam es, dass ich Reval und, vor allem, Ursula noch einmal sah. Mit dem Oberfeldwebel, der sich übrigens bestens in Reval auskannte, traf ich mich jeden Vormittag für eine halbe Stunde an der Glasfabrik. Nachmittags aber bummelte ich mit Ursula durch die schöne Altstadt und verbrachte zwei Abende und Nächte „bis zum Wecken" bei ihr und mit ihr. Offiziell hatte ich einen Schlafplatz im Soldatenheim.

Unser Briefwechsel ging danach intensiv weiter. Ihre Päckchen versorgten mich mit Dingen, die einem Soldaten an der Wolchowfront das Leben verschönten.

Und dann war es vorbei, nicht, weil wir „Schluss gemacht" hatten, sondern weil der Krieg den Faden unserer kaum begonnenen Beziehung zerschnitt.

Ich wurde mit meiner Einheit an verschiedenen Plätzen der Wolchowfront vor Leningrad eingesetzt, oft innerhalb weniger Stunden hieß es: „Klamotten zusammenpacken und Abmarsch!" Meistens auf Lkws, mitunter zu Fuß. Irgendwann und irgendwo bekam man das während eines Einsatzes beim Kompaniestab verwahrte Gepäck wieder. So ging das bis zu meiner schweren Verwundung, die meinen Kriegseinsatz nicht nur vor Leningrad, sondern an der Ostfront überhaupt beendete. Im Verwundeten-Transportzug nach Deutschland mit Endstation Göttingen reiste ich buchstäblich nur im Nachthemd, weil Kopfverletzte liegend transportiert wurden.

Das mir von meiner Einheit nachgeschickte Päckchen enthielt nur Soldbuch, Wehrpass und diverse Kleinigkeiten. Ursulas Briefe waren nicht dabei

Sie stammte aus einer norddeutschen Hafenstadt und hatte als kleines Mädchen eine Ballettschule besucht. Viel mehr

weiß ich nicht aus ihrer Vergangenheit vor dem Kriegseinsatz. Wie sie den Rückzug der deutschen Wehrmacht
kurz vor dem Ende des Krieges erlebt hat, auch das weiß
ich nicht, ebenso wenig, ob sie noch lebt. Meine Suche
nach ihr war erfolglos.

Herbstschlamm

Zuerst nur Matsch, dann tiefer Schlamm. Das ist der Herbst! Wir werden im Tigoda-Raum an zwei Stellen zum Reparieren von Straßen und Knüppeldämmen eingesetzt. An die eine gehen wir morgens vom Lager aus und kehren am Abend bespritzt wie die Betonarbeiter alter Zeiten zurück; bei der anderen wohnen wir verteilt in den noch bewohnten Häusern mit den russischen Familien zusammen, in denen die Männer, abgesehen von einigen Großvätern, fehlen.

Bei diesen Flickarbeiten stehen uns gefangene Russen zur Seite. Einige habe ich für mich reserviert, denn ich muss als „Holzwurm" dafür sorgen, dass immer neue Axt- und Hackenstiele aus Birkenstämmen die zerbrochenen ersetzen. Morgens schaffen es „meine" Russen, in wenigen Minuten aus nassem Holz ein prasselndes Feuer zu machen. Im Laufe des Tages kommen Kameraden aus dem Schlamm und wärmen sich bei uns auf.

Mit Erwin, meinem Freund aus Danzig, bin ich in einem Haus einquartiert, in dem Mutter und Tochter leben. Die Mutter kommt eines Tages zu mir. Wir verständigen uns vor allem durch Zeichensprache. Dabei zeigt sie auf sich, dann auf mich und fragt: „Mama?"

Als ich ihr das Bild meiner Mutter zeige, nimmt sie es in die Hand, führt es an die Lippen und sagt noch einmal „Mama", und Tränen füllen ihre Augen und rinnen über ihr gutes Gesicht.

Mitten aus dem Schlamm beordert uns der Spieß zu sich und teilt Erwin und mir mit, dass wir mit Urlaub an der Reihe seien.

Zwei Wochen verbringe ich zu Hause. Als ich nach der Rückkehr auf dem Bahnhof in Krasnogwardejskij aus dem Fronturlauberzug steige, sehe ich Erwin. Er ist nur im Anzug, ohne Mantel, Koppel und Pistole, schnattert vor Kälte und hat blaue Lippen.

„Erwin! Was ist los?"

„Ich war im Zug eingeschlafen. Da haben sie mir alles geklaut." Bevor ich ihn bedauern kann, spricht er weiter: „Du, ich habe Verlobung gemacht, wir haben uns erst im Urlaub kennengelernt."

Ich gratuliere ihm und wir verbringen den Rest der Rückreise gemeinsam. Bei der Kompanie erzählt man uns, dass Oberleutnant D. verstorben sei.

Mit dem Eintritt von Frost und Schnee werden wir einer Einheit mit dem Auftrag zugeteilt, das Vorfeld und den zugefrorenen Wolchow zu verminen. Wir sind inzwischen mit neuer Winterbekleidung versorgt worden und können unsere wattierten grauen Jacken, Hosen und Mützen wenden – dann sind wir weiß wie Schneemänner. Und so legen wir auf dem Wolchow in den Nächten Kastenminen aus Holz, russischen Minen einschließlich Zünder genau nachgebildet, bis etwa in die Flussmitte. Gefährlich sind die klaren Mondscheinnächte, die jede unserer Bewegungen auf dem Weiß des Flusses oder Geländes als Schatten tanzen lassen.

Wo sich die Hauptkampflinie vom Wolchowufer entfernte, verlegten wir auch gefährliche S-Minen. Konservendosengroß, enthielten sie einen Treibsatz, der den Sprengkörper bis in Mannshöhe hochspringen ließ, der dann detonierte und Eisenkugeln verspritzte. Wir konnten diese Teufelsdinger nicht eingraben, sondern banden sie mit Draht an Strauchwerk und Stümpfen von zerschossenen Bäumen und Büschen fest. Die Zünder aller verlegten Minen wurden mit dünnem Draht miteinander verbunden.

Eine höchst sensible Arbeit, die nur Erwin und ich machten; denn unsere Kompanie bestand überwiegend aus jungen, kurz ausgebildeten Ersatzleuten ohne Fronterfahrung. Auch die Zünder schärften wir nur zu zweit. Bei diesen Arbeiten war kein anderer mehr im Minenfeld. Einmal war unser Tross zum Minentragen mit eingesetzt. Wir hatten schon ein Feld scharf gemacht und waren im zweiten beschäftigt, da gingen im ersten einige der Dinger hoch, kurz darauf hörten wir Hilfegeschrei: Sie waren in das scharfe Feld gelatscht und es gab Tote und Verwundete, darunter auch der Junge aus Ostpreußen, dem ich an der Rollbahn die Haare geschnitten und den Brief seiner Schwester vorgelesen hatte.

Dezember 1942

Wie Wintergewitter ein rollender Hall.
Zerschossen die Lehmwand von Bethlehems Stall.

Es liegt Maria erschlagen vorm Tor,
ihr blutig Haar an die Steine fror.

Drei Landser ziehen vermummt vorbei.
Nicht brennt ihr Ohr von des Kindes Schrei.

Im Beutel den letzten Sonnenblumenkern,
sie suchen den Weg und sehn keinen Stern.

Aurum, thus, myrrham offerunt . . .
Um kahles Gehöft streicht Krähe und Hund.

. . . quia natus est nobis dominus.
Auf kahlem Geripppe glänzt Öl und Ruß.

Vor Stalingrad verweht die Chaussee.
Sie führt in die Totenkammer aus Schnee.

Peter Huchel, 1903-1981

Duett am Wolchow

Kriegskameradschaft ist eine erzwungene Zweckgemein-
schaft; denn die Kameraden kann sich niemand aussuchen.
Es gab gute Kameraden. Von einigen wenigen unter ihnen
kann ich sagen, dass sie mehr waren. Was uns verband,
ging über die Kameradschaft hinaus. Wir waren Freunde.
Günter Gerleik gehörte zu ihnen. Er stammte aus dem
Ostseebad Cranz in der Nähe der Frischen Nehrung und
gab als Beruf die seltsam museal klingende Bezeichnung
„Kulturbaubeflissener" an. Aus seinen Erzählungen habe
ich behalten, dass es etwas mit Kultivierung, Landverede-
lung und Be- und Entwässerung zu tun hatte. Wir aber
waren inzwischen angetreten, Kultur zu zerstören, auch
und gerade, was den Boden und die Gewässer betraf.
Trotzdem sollte heute, am 24. Dezember 1942, der
Heilige Abend gebührend gefeiert werden, hier an der
Wolchowfront südlich des Ladogasees, im Belagerungs-
ring um Leningrad. Weihnachten gehörte ja für die
Nationalsozialisten zur deutschen und damit zu einer
allen anderen Völkern „überlegenen Kultur", jedenfalls
so, wie sie es umgewandelt und entchristlicht hatten.
Heute Nacht also ging es nicht auf den zugefrorenen
Wolchow, um ihn bis zur Strommitte zu verminen oder
das Gelände zwischen Ufer und deutscher Hauptkampflinie mit S-Minen für Fußtruppen unpassierbar zu machen.
Wir blieben in unserem Lager, wo wir in selbstgebau-
ten Blockhütten hausten und ein Waldgürtel uns relativ

ungestört von russischen MG-Garben oder den sehr treff-sicheren Scharfschützen sein ließ, wenn wir tagsüber schliefen, uns vom Nachteinsatz erholten und für das nächtliche „Himmelfahrtskommando" vorbereiteten.

Nein – heute sollte gefeiert werden. Der Kompaniechef hatte sich sogar eine Art Wettbewerb ausgedacht: Die bestdekorierte Gruppenunterkunft würde einen Preis bekommen. Also benagelten wir unsere Blockhütten-wände mit Tannenzweigen, nur die Wand hinter dem Tisch wurde mit einer Hakenkreuzfahne bespannt.

Bevor wir unsere Schlemmermahlzeit an der Feldküche abholten – der Küchenchef und Unteroffizier „Oskar" hatte den ganzen Tag mit seinem Gehilfen gekocht und gebruzzelt –, ließ der „Spieß" genannte Hauptfeldwebel die Kompanie draußen im offenen Viereck antreten und meldete sie dem Kompaniechef, Hauptmann Scholz. Dieser hielt eine seiner markanten Kurzansprachen, in der immerhin der Satz fiel, der einzige, an den ich mich erinnere: „Ich beuge mich trotz allem vor dem Wun-der dieser Nacht." Ob das eine verschlüsselte Kritik am ideologisch umgebogenen neudeutschen Weihnachtskult war? Mir kam es damals so vor. Immerhin wurde erzählt, unser Hauptmann sei der Sohn eines Berliner Pastors.

Nach dem Essen ließen wir unsere Kochgeschirre bei Oskar mit heißem Punsch füllen, ein Liter pro Mann, und machten es uns um unseren Tisch unter besagter Fahne gemütlich, dabei warteten wir auf den Chef, der ja noch die bestdekorierte Unterkunft prämieren wollte. Als er auch schon bald mit seinem Kompanietruppführer Kanitz erschien, sagte er nur: „Bisschen dürftig! Fröhliche Weihnachten! Und weitermachen!" Und verschwand.

Wir fanden unsere Bude nicht dürftig. Oder meinte er die Fahne, die wir nicht aus ideologischem Eifer, sondern mangels anderen Dekorationsmaterials an die Wand genagelt hatten? Im Übrigen: Wir hatten genug zu trinken und zu rauchen und waren auf die Prämie des Chefs nicht angewiesen.

Irgendwann fragte mich Günter, ob wir nicht mal nach draußen schauen sollten. Wir zogen unsere wattierten Jacken an und die Mützen über die Ohren, um im Wald kalte Winterluft zu atmen.

Einige Schritte vom Lager entfernt umfing uns eine wohltuende Stille. Selbst das vom Punsch angeheizte, dumpf nach draußen dringende Gelabere und Gesinge aus den Blockhäusern war nicht mehr zu hören. Durch das Geäst der Bäume schien da und dort ein Stück des klaren Sternenhimmels mit einem beinahe scheinwerferhellen Mond. Wir standen einander gegenüber, jeder an einen Baum gelehnt.

„Stell dir vor", sagte Günter, „wir wären jetzt da unten auf dem Fluss."

„Lieber nicht!", war meine Antwort.

In den hellen Nächten ging es nicht ohne mindestens einen Verwundeten oder Toten ab; denn jede Bewegung warf Schatten auf den Schnee. Und die russischen Scharfschützen verfehlten selten ihr Ziel.

Aus Richtung Fluss bellen von Zeit zu Zeit Maschinengewehre. Der Wald dämpft die harte Gefährlichkeit des Mündungsknalls. Die zwischen den Baumstämmen kurz aufzuckenden Leuchtspuren der Geschosse gleichen Glühwürmchen. Unsere MG-Posten und ihre „Kollegen" am anderen Ufer machen sich ab und zu bemerkbar: in kurzen Stößen von drei bis fünf Schuss, damit die einen die Stellung der anderen nicht ausmachen können.

Wer anfing, Günter oder ich – ich weiß es nicht mehr. Einer summte plötzlich eine Melodie in die trügerische Ruhe dieser Nacht und der andere schloss sich an, sang die Worte eines Liedes, das beide kannten. Es mag eines der traditionellen Weihnachtslieder gewesen sein, vielleicht „Stille Nacht". In meiner Erinnerung ist nicht gespeichert, was, sondern nur, dass wir sangen und ich bei den Liedern, wir hörten nach dem ersten noch nicht auf, eine zweite Stimme improvisierte, die wohl nicht der Harmonielehre entsprach, aber in unseren Ohren wohlgefällig klang. Es war die Harmonie einer Freundschaft, die wir mit diesem Singen einander gestanden, gepaart mit Sehnsucht nach vergangener Jugend und einer Portion Romantik und Erinnerungen an sentimentale Weihnachten unseres noch gar nicht so langen Lebens.

Während wir sangen, schien die grausige Gegenwart ausgeblendet. Selbst die sporadischen Feuerstöße der Maschinengewehre diesseits und jenseits des Flusses nahmen wir nicht mehr wahr, bis unser Repertoire erschöpft schien oder die Kälte uns zwang, unser Duett zu beenden.

Wir gingen zurück in die dunstige Wärme unserer

Hütte zu den Kameraden. Unseren inzwischen lauwarm gewordenen Punsch erhitzten wir noch einmal auf dem Kanonenofen. Und irgendwann schliefen wir dem ersten Weihnachtstag entgegen, einem Kriegstag wie jedem anderen.

Noch nie hatten wir zu zweit gesungen. Vielleicht gab es ja das „Wunder dieser Nacht", vor dem unser Hauptmann, wie er gesagt hatte, sich „trotz allem" beuge, auch wenn er nicht aussprach, worin das Wunder denn bestand. Und ganz bestimmt hätten wir irgendwann noch einmal im Duett gesungen. Doch dazu fand sich keine Gelegenheit mehr.

Im ersten Monat des neuen Jahres wurde unsere Kompanie in die Gegend der Ssinjawino-Höhen verlegt. Auch dort mussten wir jede Nacht vor der deutschen Hauptkampflinie Minen verlegen.

Am 30. Januar 1943 brachen die Russen mit Panzern durch. Unsere Flak brachte die gefürchteten T-34 zwar zum Stehen, aber wir wurden zur Verstärkung der durchbrochenen Hauptkampflinie als Infanterie eingesetzt. Drei Tage und drei Nächte lagen wir in flachen Granattrichtern ohne jegliche Deckung und nur einen Steinwurf weit entfernt von den Mündungen der Kanonen und anderer Bordwaffen dieser gefährlichen Kettenpanzer.

Als wir am dritten Tag bei einbrechender Dunkelheit abgelöst wurden und uns hinter der Linie sammelten, kam Günter, der während dieser drei schrecklichen Tage in einem anderen Trichter gelegen hatte, in einem

„Finnenschlitten". Kameraden zogen diese bootsförmige Sperrholzwanne über den holprigen Schnee zum Sammelpunkt.

Mein Freund lag auf dem Rücken. Er hielt die Augen geschlossen. Gesicht und Hände, vom Mondlicht erhellt, hatten die wächserne Farbe derer, die zwar noch anwesend, aber doch nicht mehr bei uns sind. Günter war tot.

„Deinen Kumpel hat's auch erwischt", sagte einer, der mit ihm in einem Loch gelegen hatte.

Als wir zum Lager zurückmarschierten, griff ich mit in die Zugleine des Schlittens. Am nächsten Tag machte ich für ihn und die anderen Toten dieser drei Tage je ein Birkenkreuz. Und in eine Sperrholztafel brannte ich mit einem glühenden Nagel auch seinen Namen und das Datum seiner Geburt und seines Todes ein. An sein Begräbnis kann ich mich nicht mehr erinnern.

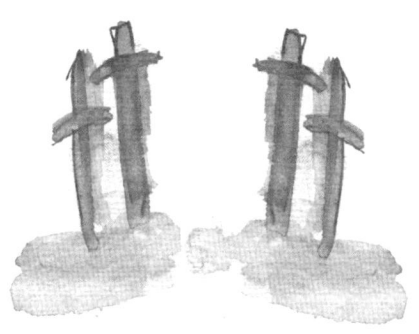

Oktober 2001. Mit dem Bus fährt unsere Gruppe zu den Höhen von Ssinjawino, einem Hügelgelände nordwestlich von Leningrad, das heute dichter bewaldet ist als damals.

Wir gehen auf der höchsten Erhebung durch eine breite Allee. Sie führt zur Gedenkstätte mit Mahnmal und einer Gedenksteinreihe mit den Namen und Emaillebildern Gefallener. Zunächst aber erklärt ein ehemaliger Verteidiger der Höhen die letzten Kämpfe vor dem Rückzug der deutschen Wehrmacht. Er ist nach dem Krieg zur Bundeswehr gegangen und mit einem hohen Rang pensioniert worden. Zusammen mit dem Volksbund der Deutschen Kriegsgräberfürsorge leitet er Reisen nach Russland und ist Experte für die Front um Leningrad.

Nach einer Weile entferne ich mich und suche die Gedenkstätte auf. Da finde ich Frauen aus unserer Gruppe, die nicht an der Schilderung der Kämpfe interessiert sind. Eine sucht ihren gefallenen Verlobten. Sie hat nie geheiratet und wird von Neffe und Nichte begleitet. Eine andere, ferngetraut, sucht ihren kaum gekannten Ehemann. Ich schließe mich ihnen an und erzähle meine Geschichte von den Ssinjawinohöhen.

Die Höhen von Ssinjawino

Eis und Schnee werden weicher, die Temperaturen steigen, wenn auch nur langsam. Unsere Verlegung an die Höhen gestaltet sich anfangs turbulent. Wir müssen eine Unterkunft suchen und landen in einem ehemaligen Pferdebunker, der an einem Knüppeldamm liegt. Das ganze Gelände steht unter Artillerie- und Granatwerferfeuer.

Als wir uns in der relativ warmen Unterkunft zum Schlafen legen, vermissen wir meinen Freund Hermann Weber, und ich mache mich mit einigen Kameraden auf die Suche. Wir werden aufgeschreckt durch eine deutsche Werferbatterie, die eine Salve abschließt – ein ohrenbetäubendes Heulen, wenn die einzelnen Geschosse kurz nacheinander wie Raketen abgefeuert werden.

In einem verlassenen, zum Knüppeldamm hin offenen Unterstand finden wir Hermann – tot. Er hat sich die Oberbekleidung aufgeknöpft und das Hemd hochgeschoben. Auf dem Bauch sind schon gefrorene Blutspuren zu sehen. Wir tragen ihn zu unserem Quartier, legen ihn draußen in den Schnee und bedecken ihn mit einer Zeltbahn. Ihn zu beweinen habe ich keine Kraft, übermüdet falle ich in einen Tiefschlaf.

Am anderen Morgen bleibt Zeit, ein Birkenkreuz zu machen und auf ein Stück Brett mit heißem Nagel seinen Namen und sein Geburts- und Todesdatum zu brennen.

So begann eine mehrmonatige Zeit auf und um die Höhen. Wir bekamen einen neuen Kompaniechef, Oberleutnant Heuer. Bei aller Leichtigkeit, mit der der geborene Rheinländer das Leben nahm und genoss, war er kein Mann, der sich drückte.

Nachdem er mich aufgrund meiner Sonderausbildung als Melder in seinen Bunker geholt hatte, erlebte ich mit ihm eine gute Zeit. Wir stellten bald fest, dass wir nicht nur am selben Tag im März Geburtstag hatten, sondern auch demselben Jahrgang angehörten.

Oft habe ich ihn nachts begleitet, wenn wir unsere Minenleger oder Bunkerbauer in der Hauptkampflinie besuchten. Am Funkgerät hörten wir zusammen die Nachricht vom Untergang Stalingrads und er sagte nach Görings „Sparta"-Rede: „Was redet der da für einen Mist!"

An unserem gemeinsamen Geburtstag musste ich mit ihm im Kreise der Offiziere des Bataillons die Nacht durchfeiern, nachdem ich bis kurz vor Mitternacht mit den Minenlegern draußen war.

Oberleutnant Heuer schickte mich zu einem mehrwöchigen Unteroffizierslehrgang nach Pernau in Estland und meinte anschließend, ich müsse unbedingt Offizier werden.

Am Tag vor dem 8. August hatten wir wieder einmal die Stellung gewechselt. Bereitstellung für ein größeres Angriffsunternehmen. Die Russen hatten längst Wind davon bekommen und schossen sporadisch mit der „Siebzehnzwo", einem Langrohrgeschütz mit Granaten Kaliber

17,2 cm. Eine gefährliche Waffe. Wir verbrachten die Nacht in Zelten in einem Heidegelände.

Am Mittag des 8. August, Heuer wollte gerade unseren Koch bei der Ausgabe der Erbsensuppe an der Feldküche ablösen, schlug eine russische Kanone in der Nähe ein. Ich bekam einen dumpfen Schlag an den Kopf, verlor das Bewusstsein und fiel ins Heidekraut. Als ich wieder zu mir kam, spürte ich keinen Schmerz, hörte aber fürchterliches Geschrei von Kameraden, die es auch getroffen hatte.

Dass unser Bataillonsarzt bei uns war, gehört zu den Zufällen, die für mich mehr sind als das vordergründige Wort besagt. Von meinen Jungen aus der Gruppe war es der kleinste, der sich jetzt um mich bemühte, meinen Kopf hielt und nach dem Arzt rief. Heuer stand mit besorgtem Gesicht dabei, als ich mit den anderen in einen großen Sanitätskraftwagen geschoben wurde. Damit war meine Zeit an der Ostfront beendet.

Der Graben
Ausschnitt

Mutter, wozu hast du deinen aufgezogen?
Hast dich zwanzig Jahr mit ihm gequält?
Wozu ist er dir in deinen Arm geflogen,
und du hast ihm leise was erzählt?

Bis sie ihn dir weggenommen haben.
Für den Graben, Mutter, für den Graben.

Werft die Fahnen fort! Die Militärkapellen
spielen auf zu euerm Todestanz.
Seid ihr hin: ein Kranz von Immortellen –
das ist dann der Dank des Vaterlands.

Denkt an Todesröcheln und Gestöhne.
Drüben stehen Väter, Mütter, Söhne,
schuften schwer, wie ihr, ums bisschen Leben.
Wollt ihr denen nicht die Hände geben?

Reicht die Bruderhand als schönste aller Gaben
übern Graben, Leute, übern Graben!

Kurt Tucholsky, 1890-1935

Verlorener Krieg oder
gewonnene Freiheit?

Sie haben in mir einen sogenannten Zeitzeugen vor sich,
wenn Sie mich über dieses Thema sprechen lassen. Ich
möchte diesen Begriff jedoch relativieren. Denn ein Zeuge
im Sprachgebrauch des Neuen Testaments, ein „Martys"
oder „Märtyrer", bin ich nicht. Ein solcher Zeuge steht
für die Sache, die er bezeugt, mit seinem Leben ein. So
einer war ich damals, in der Zeit vor dem 8. Mai 1945,
nicht. Kein Widerstandskämpfer also! Nicht einmal einer,
der „schon immer gewusst" hatte oder „schon immer dagegen" war. Betrachten Sie mich als einen Zeitgenossen.
Jahrgang 1921.

Vielleicht ist es auch für Sie interessant, das Datum
8. Mai 1945, das seit langem, besonders aber durch seine
50. Wiederkehr, mehr oder weniger klug und wohl auch
nicht immer hilfreich kommentiert, dargestellt und
strittig diskutiert wird, aus einer persönlichen Perspek-
tive „ausgeleuchtet" oder, besser gesagt, „angeleuchtet"
zu sehen. Alle damals Beteiligten oder Dabeigewesenen
haben ja ihre eigenen Erfahrungen und auch wohl zunächst
ihre ganz persönliche Sicht des Geschehens gehabt und
vielleicht eine je eigene Antwort gefunden.

Viele meiner Generation haben allerdings ihr damaliges
Erleben verdrängt, auf jeden Fall weitgehend darüber
geschwiegen. Ihre Kinder und Enkel warten noch heute
auf Auskunft. Die Gründe für dieses Schweigen sind

vielschichtig und sollen jetzt auch nicht der Gegenstand sein, über den ich viel sagen möchte; aber das Faktum ist eklatant. Dass ich darüber reden kann, ist keine besondere Tugend. Mein Weg führte nach dem 8. Mai 1945 bald dahin, das Wort aus dem 5. Buch Mose ernst zu nehmen, das ich diesem Vortrag vorangestellt habe (siehe Seite 7). Ich möchte den Fragenden eine Antwort geben, wenn sie mich denn schon fragen. Eine Antwort, meine Antwort, nicht die Antwort. Darum habe ich Ihre Einladung für heute Abend gern angenommen.

Späte Einsicht – schneller Entschluss

Die Einsicht, dass das Unternehmen Krieg eine Niederlage sein würde, kam bei mir sehr spät, gleichsam „kurz nach Zwölf".

Ich bin nicht nationalsozialistisch erzogen worden und habe auch während der ganzen „tausend Jahre" von 1933 bis 1945 wenig Ahnung von dieser Sache gehabt. Meine Zeit in der Hitlerjugend dauerte gut ein Jahr; erst nach Kriegsende begann ich, über diese sogenannte „Weltanschauung" nachzulesen und zu begreifen, was das war. Aber alles Militärische hat mich von Kind an fasziniert und diese Begeisterung für Soldaten war verbunden mit einer kleinbürgerlich-vulgären nationalen Grundhaltung. Das hat sicherlich etwas mit meinem sozialen Umfeld zu tun und mit den Einflüssen, die dieses Umfeld auf mich ausübte.

So nahm ich denn die Chance, in jenem schrecklichen, vom Zaun gebrochenen Krieg eine militärische Laufbahn einzuschlagen, gern wahr. Am 16. Dezember 1944 wurde ich auf der Pionierschule zu Dessau-Roßlau zum Leutnant befördert beziehungsweise ernannt. Davor lag eine Militärzeit ab Februar 1941. An der Ostfront war ich achtzehn Monate, von Februar 1942 bis August 1943.

Am 8. August 1943 wurde ich bei den Höhen von Ssinjawino südlich des Ladogasees verwundet und verbrachte die Zeit bis Ende des Jahres im Lazarett in Göttingen. Die ersten drei Monate des Jahres 1944 machte ich Dienst als Fahnenjunker-Unteroffizier bei meinem Ersatzbataillon in Königsberg.

Die anschließende Offiziersausbildung dauerte neun Monate. Nach einem kurzen Urlaub Ende 1944 kam ich zum Pionier-Ersatzbataillon 9 in Aschaffenburg am Main. Dort bildete ich Offiziersnachwuchs aus, bis die Amerikaner mainaufwärts kamen. Von da an war ich mit verschiedenen „Haufen" unterwegs – bis zum „Ende", von dem ich Ihnen gleich erzählen werde. Vielleicht sollte ich noch erwähnen, dass ich von April bis Oktober 1939 freiwillig im „Reichsarbeitsdienst" war. – Nun kennen Sie meine wichtigsten Daten zu diesem Thema.

Es war der Obergefreite Schmidt, der mich eigentlich zum ersten Mal auf sehr direkte Weise darauf aufmerksam machte, dass dieser Krieg verloren sei. Wir waren in den letzten Märztagen 1945 auf einer Kurierfahrt.

Schmidt, im Zivilberuf Flugzeugingenieur, war Mitglied im Nationalsozialistischen Kraftfahrkorps. Er fuhr die irgendwo „organisierte" Militärmaschine mit sandfarbener Spritzung, eine schwere NSU.

Die Luft roch nach Frühling und Frieden an diesem Karfreitag 1945. Mitunter durchdrang Glockengeläut das Motorgeräusch. Wir fuhren an Menschen vorbei, die zur Kirche gingen. Plötzlich drehte sich Schmidt, ein sehr sicherer Fahrer, zur Seite, ohne dass die Maschine aus der Spur lief und sagte: „Herr Leutnant, die haben uns beschissen. Die Sache geht schief."

Was ich ihm darauf geantwortet habe, weiß ich nicht mehr. Wohl aber weiß ich noch, dass ich sehr nachdenklich wurde auf meinem Sozius. Wenn ein Gefreiter den Schneid hatte, einem Offizier, den er so gut wie gar nicht kannte, so etwas ohne Schnörkel und nicht als Frage, sondern ganz direkt als seine Meinung zu sagen – dann musste ich ja wohl bisher einiges übersehen oder besser: verdrängt haben!

Wir waren eine Offiziersanwärter-Kompanie und bereiteten Soldaten auf die Offiziersschule vor. Jetzt lagen wir am Obermain in einem Dorf. Von Aschaffenburg, unserem Standort, waren wir, als die Amerikaner sich der Stadt näherten, mit zwei Zügen (Lehrgängen) losgeschickt worden, um Brücken zur Sprengung vorzubereiten. Aber kein Kommandeur wollte uns irgendeiner am Main herumziehenden Einheit unterstellen. Offiziersnachwuchs durfte nur nach Genehmigung aus Berlin bei Kriegseinsätzen verwendet werden. Aber Berlin war in diesen Tagen, da so gut wie keine Nachrichtenverbindungen mehr funktionierten, weit.

Wir „hingen in der Luft", lagen in Privatquartieren und hatten nichts mehr zu essen außer dem, was unsere Quartiergeber uns schenkten. Niemandem unterstellt zu sein bedeutete auch, von keiner militärischen Stelle etwas zu bekommen. Also schickte mich der Kompanieführer zum Generalkommando nach Kassel, um einen Befehl hinsichtlich unserer Verwendung zu bekommen. Das Generalkommando war zunächst nicht auffindbar. Es „verlegte" wegen ständiger Bombardierungen und näher rückender Amerikaner. Aber wir konnten nirgends genau erfahren, wo es sich zurzeit befand.

Auf unserer Suche befanden wir uns am Karsamstag in Höxter. Schmidt war sofort einverstanden, als ich ihn bat, einen, natürlich nicht erlaubten, Abstecher in mein lippisches Heimatstädtchen zu machen, wo meine Frau in Erwartung unseres ersten Kindes bei meinen Eltern lebte. Am Ostermorgen gegen drei Uhr kamen wir dort an. Ich erfuhr von meinen Eltern, die von meinem plötzlichen Auftauchen erschreckt und freudig überrascht zugleich waren, dass meine Frau im Krankenhaus lag und unsere Tochter schon geboren sei. Nach kurzem Schlaf stand ich dann mit einem Strauß Narzissen, bei uns Osterblumen genannt, am Bett meiner Frau und nahm unser Kind zum ersten Mal auf die Arme. Am Nachmittag kam ich noch einmal ins Krankenhaus, sah die Angst in den Augen meiner Frau, als Artilleriefeuer wie ein näherkommendes Gewitter durch die Luft zitterte. Doch sie fragte nicht; sie wusste: Der fährt wieder weg ins Ungewisse.

Als ich später im Regen vor dem Elternhaus hinter Schmidts breiten Rücken auf den Sozius stieg, die Eltern, Tante und Onkel standen vor der Tür, kam mein Lehrmeister vorbei, wie immer mit dicker Zigarre. Er rief: „Junge, wo willst du denn noch hin? Die sind doch schon in Herford!" Dann fuhr ich mit Schmidt in den Regen hinein.

Am nächsten Tag fanden wir das Generalkommando, bekamen auch einen Befehl mit Unterschrift und Siegel, doch nach einer wilden Fahrt fanden wir bei Rothenburg ob der Tauber zwar meinen Lehrgang, nicht aber den anderen Teil der Kompanie mit dem Kompanieführer.

Sie finden mich dann wieder im Raum Salzburg als Führer einer Art „Alarmkompanie". Sie bestand aus siebzehn- und achtzehnjährigen Jungen und älteren Männern, von denen einige noch am Ersten Weltkrieg teilgenommen hatten.

Bevor ich diese Kompanie übernehmen musste, war ich mit einigen Feldwebeln und Unteroffizieren in Süddeutschland umhergeirrt, auf der Suche nach Arbeit, sprich: einer Truppe, die uns gebrauchen konnte.

Nach einer nächtlichen Bahnfahrt saß ich mit einem Feldwebel, einem Diplomingenieur namens Reupke, im Bahnhofsrestaurant zu Ulm unter den Türmen des Münsters. Wir schlürften heißen Malzkaffee, und er fragte mich plötzlich: „Herr Leutnant, die Sprüche, die Sie manchmal loslassen – glauben Sie die eigentlich?"

Wieder stellte mir ein sogenannter Untergebener mutig und direkt die Gretchenfrage. Und ich weiß nur: Dies war der peinlichste Augenblick in meinem Soldaten- und Offiziersdasein!

Ich muss ziemlich verlegen geschaut haben. Eine Antwort habe ich nicht gegeben. Und ich schämte mich, weil ich sie ihm schuldig bleiben musste.

Waren die anderen klüger als ich? Zuerst Schmidt und jetzt Reupke? Erste leichte Zweifel ...

Wer die Kompanie aufgestellt hatte, weiß ich nicht. Außer den paar Unteroffizieren und Feldwebeln, die ich mitbrachte, kannte ich niemanden. Wir marschierten von Mühldorf am Inn jede Nacht südwärts in Richtung „Alpenfestung". Was das genau war, ist nicht präzise zu beschreiben. Wahrscheinlich wollte man in den Alpen die aus Italien kommenden Amerikaner aufhalten. Jeden Morgen, wenn wir in einem Dorf Quartier gemacht hatten, fanden wir einen anderen Kommandeur vor, der uns durch einen Verbindungsoffizier das Marschziel für die nächste Nacht mitteilte. Wenn wir nach Verpflegung für uns zweihundert Soldaten fragten, lautete die stereotype Antwort: „Meine Herren, das überlasse ich Ihrer Initiative." Unser Glück war, dass wir den Amerikanern noch um einige Nasenlängen voraus waren.

So waren wir an jenem Abend, von dem ich jetzt berichten will, in einem Dorf in der Nähe von Ruhpolding wieder marschbereit. Einige Bauern hatte ich verpflichtet, auf Ackerwagen das Gepäck bis zum nächsten Ziel zu fahren, damit den Männern das Marschieren leichter fiel. Wir verließen unser Quartier, ein Gehöft auf einem einsamen, von Wäldern umgebenen Hügel, und machten unten im Dorf halt. Dort besuchte ich in einer Baracke des Lazaretts einige an fiebriger Grippe erkrankte Kompanieangehörige, die ich dorthin geschickt hatte. Als ich mich von ihnen verabschiedete, kam der diensthabende Arzt. Ich fragte ihn, ob er Radionachrichten gehört habe.

„Ja", sagte er, „eben hat der Gauleiter von Salzburg aus alle deutschen Truppen in diesem Raum aufgefordert, jegliche Kampfhandlungen zur Verteidigung der Stadt einzustellen, um Salzburg zu schonen."

Und wir hatten den Auftrag, in dieser Nacht oder am nächsten Morgen eine Stellung zur Verteidigung der Stadt zu beziehen!

Draußen befahl ich dem mir unterstellten Leutnant, die Kompanie in das eben verlassene Quartier zurückzuführen, die Bauern nach Hause zu schicken und meine Rückkehr abzuwarten. Ich selbst wollte mit einem Kameraden per Fahrrad losfahren und die Lage erkunden.

Was wir bei dieser Erkundung erfuhren, ließ mich „blitzartig" einen Entschluss fassen. Ich sagte zu Heinz, dem mich begleitenden Feldwebel: „Was meinst du: Ist das jetzt noch Fahnenflucht, wenn wir Schluss machen?"

Davon könne wohl keine Rede mehr sein, meinte er. Und so fuhren wir zurück auf unseren Hügel.

Der Leutnant erwartete uns mit dem Kompaniestab in der Stube des Bauern, der schüchtern und ängstlich im Hause herumschlich. Wir setzten uns um den Tisch. Ich gab die Lage bekannt und sagte: „Wenn jemand von Ihnen die Führung der Kompanie übernehmen will, trete ich ins Glied zurück. Auf keinen Fall bin ich bereit, jetzt auch nur noch einen einzigen Mann zu opfern – auch nicht mich selbst. Ich gebe aber zu bedenken, dass unser letzter Befehl lautet, in eine Stellung zur Verteidigung Salzburgs zu marschieren. Der Aufruf des Gauleiters entbindet uns nicht von diesem Befehl, den ich zu verweigern entschlossen bin. Sagen Sie mir bitte Ihre Meinung."

Keiner äußerte sich. Ich bekam weder Zuspruch noch Widerspruch. Also gab ich dem mir unterstellten Leutnant Befehl, die Posten um das Gehöft mit Maschinengewehren zu verstärken und laufend zu inspizieren; bei eventuellem Auftauchen von SS sei zu schießen. Wir anderen würden zunächst in die Soldbücher und, soweit vorhanden, in die Wehrpässe der Soldaten die Entlassung aus der Deutschen Wehrmacht eintragen. Dies sei für die Männer zumindest eine psychologische Hilfe: Sie müssten sich nicht als Deserteure betrachten.

Der als Spieß fungierende Stabsfeldwebel brachte die Bücher, alle schrieben den entsprechenden Satz in die Entlassungsspalte, und ich unterschrieb. Und dann unterschrieb ich noch einmal: „In Ermangelung eines Dienstsiegels".

Eine dramatische Nacht. Kein Kampf mit dem Feind, aber jeder kämpfte mit sich selbst seinen eigenen Kampf. Alle schrieben fast schweigend und mit steinernen Gesichtern, bis die Morgendämmerung blass durch die Scheiben schien. Dann ließ ich dem Leutnant draußen sagen, er möge mir die Kompanie in einer Viertelstunde unten im

Wäldchen mit sämtlichen Waffen einschließlich Munition angetreten melden.

Außerdem befahl ich, das Telefon des Bauern zu überwachen; denn eine Frau, die als Flüchtling auf dem Hof wohnte, eine Volksdeutsche aus Rumänien, hatte ziemlich empört zu mir gesagt, die deutschen Soldaten wollten anscheinend nicht mehr kämpfen und das Vaterland verteidigen. Sie durfte auf keinen Fall telefonieren oder das Haus verlassen. Vor dem Bauern brauchten wir wohl keine Angst zu haben; der war froh, wenn sein Hof nicht am Ende noch draufging.

Draußen trat ich in einen kalten Morgen. Über den schneebedeckten Alpengipfeln kündigte ein herrliches Rot den kommenden Tag an. Mir war elend im Kopf und im Bauch, aber ich ging mit gelernter Haltung hinunter zum Wald. Der Leutnant meldete mir die vollzählig angetretene Kompanie. Ich sah in gespannte Gesichter. Meine Ansprache war kurz und lautete sinngemäß: Das Beste für Deutschland sei nun, das möglichst viele Menschen am Leben blieben. Wir seien Gott sei Dank auf deutschem Boden und jeder verstände unsere Sprache. Sie sollten allein oder in möglichst kleinen Gruppen versuchen, ihren Heimatort zu erreichen. Ihre hiermit ausgesprochene Entlassung aus der Deutschen Wehrmacht sei in die Wehrpässe und Soldbücher eingetragen.

Ich glaubte ein tiefes Aufatmen zu hören, und die Blicke einiger älterer Männer und ihr zustimmendes Kopfnicken schienen mir zu sagen: „Junge, das machst du gut!"

Der Befehl, zugweise alle Waffen und Munition zu vergraben und die Gruben so wieder zu schließen, dass keine Spuren zurückblieben, wurde lautlos, schnell und präzise ausgeführt. Nach einer halben Stunde war auf dem Waldboden nichts mehr zu erkennen.

Die Entscheidung war gefallen, wie ich es gelernt hatte: Feind – eigene Kräfte – Beurteilung der Lage – Entschluss – Befehl. Nur war dieser Befehl natürlich nicht im Sinne meiner Lehrer.

Mit dem Kompaniestab, das heißt, mit dem Leutnant, den Feldwebeln und Unteroffizieren. wartete ich in der Bauernstube auf die Männer, die sich vor ihrem Weg in die Heimat verabschieden sollten. Aber die wollten erst noch einen Rehgulasch mit Salzkartoffeln machen. Wo und wann sie das Wild erlegt hatten, war mir schleierhaft. Man brachte mir einen gefüllten Teller, aber die Kehle war mir wie zugeschnürt. Ja, auch Angst vor der Entdeckung durch ein Rollkommando der SS oder der Feldpolizei war dabei. Vor allem aber spürte ich die Niederlage. Es zerbrach etwas in mir, das ich zwar nicht, noch nicht, beschreiben konnte, das mich aber zutiefst elend machte.

Und dann kamen sie: ohne Dienstgradabzeichen, Hoheitszeichen und Ordensbänder, sofern sie letztere hatten. Sie hatten sich schon alles abgetrennt, was sie als Soldaten „zierte" oder kenntlich machte, und wir sagten uns Auf Wiedersehen und wünschten uns heiles Nachhause-Kommen. Wir kannten uns längstens eine Woche. In diesen Stunden aber waren wir uns ganz nahe: zweihundert Männer, die den Krieg verloren hatten.

Als die letzten gegangen waren, darunter auch der andere Leutnant, ein Junge aus Bayern, der es nicht allzu weit bis nach Hause hatte und nach dem Krieg Veterinärmedizin studieren wollte, verabschiedeten wir uns von dem Bauern, schenkten ihm eine große Packung Marketenderzigaretten und dankten ihm für die Gastfreundschaft auf seinem Hof. Auf dem Gesicht dieses kleinen, schweigsamen Mannes lasen wir Erleichterung. Kaum waren wir unten am Waldrand angekommen, hisste er auf dem Dach die weiße Fahne. Wir aber „degradierten" uns, das heißt, wir trennten Hoheits- und Rangabzeichen und Ordensbänder ab. Ich zog einen ärmellosen blauen Pullover über mein Wehrmachtshemd, hing mir einen Rucksack über, und wir wanderten los, vier Feldwebel und ich. Nach einer Zeit stummen Marschierens entsann ich mich einer Mundharmonika in meinem Rucksack. Die holte ich nun heraus ...

Für mich begann eine vierwöchige Wanderung durch Deutschland. Noch war Krieg, es muss einige Tage vor dem 8. Mai gewesen sein, und unser ganzes Unternehmen war noch längst nicht abgeschlossen. Aber von Kilometer zu Kilometer wich unsere Traurigkeit einer nüchternen Berechnung unserer Chancen, nach Hause zu kommen, ohne geschnappt zu werden. Nach Hause – dieser unbändige Wille verdrängte nun immer mehr das Gefühl der Niederlage. Allerdings nur vorerst!

Vakuum – und was nun?

Nach drei Tagen auf dem Weg in die Heimat trennten wir uns, denn für fünf Männer war es zu gefährlich. Drei von uns, deren Zuhause im Hessischen lag, wollten eine etwas andere Route nehmen. Reupke, der Feldwebel, dessen Frage mich in Ulm so verlegen gemacht hatte, ging mit mir weiter. Seine Kenntnis des Englischen hat uns später bei Begegnungen mit Amerikanern und Engländern gute Dienste getan. Bei der Suche nach Quartieren war seine überlegene Art, mit den Leuten zu reden, eine große Hilfe für mich: Er schaffte es immer, dass wir Unterkunft und Verpflegung bekamen.

Unser vierwöchiger Weg in jenem berauschenden Frühling des Jahres 1945 glich, trotz der immer lauernden Gefahr, erwischt zu werden, oft einer romantischen Wanderung. Allein dieser Weg durch Deutschland und alles, was wir dabei erlebten: alles Schöne, alle Gastfreundschaft der Menschen, die uns aufnahmen, aber auch alle Hartherzigkeit und Abweisung – mitunter klopften wir vergeblich an Türen und meistens waren es dann die kleineren Bauern, bei denen wir bleiben konnten –, dazu das dauernde auf der Hut sein, um jede Berührung mit den Besatzern und Siegern zu vermeiden, einige Male auch die Flucht vor ihnen, das alles wäre abendfüllend, darum höre ich damit auf. Auch deswegen, weil viele Ähnliches erlebten.

Das magische Datum 8. Mai, die Kapitulation der Deutschen Wehrmacht, hat uns, soweit ich mich erinnere, nicht sonderlich bewegt.

Am 2. Juni 1945, einem Samstagabend, als die Glocken unserer Kirche den Sonntag einläuteten, stand ich vor der Tür meines Elternhauses. Die letzten Kilometer hatten zwei Mädchen mich auf ihren Fahrrädern mitgenommen. So konnte ich sogar „vorfahren".

Es war wie ein kleines, persönliches Happyend. Wie im Traum ging ich mit meiner jungen Frau und dem Kind im Kinderwagen durch die Felder und Wälder um unsere kleine Stadt und durch das benachbarte Bad Salzuflen, wo allerdings der schönste Teil des Kurparks für uns mit Stacheldraht gesperrt war. Die Engländer, eine sehr humane, freundliche Besatzungsmacht, hatten das ganze Gelände und die in der Nähe liegenden schönen Häuser und Villen beschlagnahmt und die bei der britischen Militärregierung akkreditierten Missionen der anderen Siegermächte darin untergebracht.

An einem Sonntag war der gesperrte Teil des Kurparks geöffnet. Die Engländer veranstalteten ein Kinderfest, auch für deutsche Kinder. Meine Frau und ich wollten uns das ansehen. Eine Militärband zog bereits über die Parkwege und spielte „Heidewitzka, Herr Kapitän ..." Dann begann das Fest mit dem Hissen der britischen Flagge, die Band intonierte die britische Hymne, alles stand still, die Offiziere salutierten – und ich sagte spontan zu meiner Frau: „Komm, lass uns gehen, ich halte das nicht aus."

Auf einmal hatte ich wieder das Gefühl der Niederlage.

Als die ersten Zeitungen in Kommentaren auch die Wehrmacht nicht schonten und zumindest deren höchste
Führung schuldig sprachen, habe ich oft geweint: So waren wir, so war ich doch nicht gewesen! Erst viel später
musste ich erkennen, dass ich bei diesem Krieg ein Mit-
Schuldiger war.

Ein Gefühl der Ohnmacht und der Leere beherrschte
mich eine Zeitlang, eine Haltung des „Ohne mich"
drohte mich zu lähmen. Ich wusste nicht, was noch
gültig war – außer dass meine Frau und unser
Kind immer wieder dafür sorgten, dass die Freude,
mit dem Leben davongekommen und nun beieinander
zu sein, durchbrach.

Heute, im Rückblick, kann ich sagen: Es war ein am-
bivalentes Gefühl, das mich umtrieb: Trauer über die
Niederlage, die ich durchaus auch als eine persönliche empfand, Betroffenheit über eine alliierte Kritik,
die ich damals als ungerecht empfand – und ein Glücks-
gefühl, eine Leichtigkeit, als sähe die Welt und das
Leben und unsere kleine Familie darin aus wie am ersten
Schöpfungstag.

Zwischenbilanz I

Ich müsste im Blick auf meine damalige Befindlich-
keit das ODER in Ihrer Formulierung des Themas durch
ein UND ersetzen: „Verlorener Krieg und gewonnene

Freiheit", und zwar nicht als einander ausschließende Möglichkeiten, sondern als ambivalente, als doppelwertige Empfindung.

Das Vakuum, der leere innere Raum, blieb aber zunächst. Das christliche Erbe aus Kindheit und Jugend lag weit zurück, und was davon übriggeblieben war, reichte nicht zur Antwort auf die mich bedrängenden Fragen. Beruflich war ich inzwischen im erlernten Tischlerhandwerk tätig, an das ich ein Fachschulstudium anschließen wollte mit dem Abschluss als Innenarchitekt. Zwar stellte mich die Schule zunächst zurück, weil ich noch nicht alt genug (!) und auch nicht schwer genug verwundet war. Aber ich hatte Chancen, in nicht all zu ferner Zeit aufgenommen zu werden.

Lichtblicke: Neue Liebe zur alten Kirche

Was ich jetzt sage, lief zeitlich in etwa parallel mit dem zuletzt geschilderten Zustand ab und hat auch mit meiner Charaktereigenschaft zu tun, schlecht „nein" sagen zu können, wenn mich Menschen um etwas bitten.

Ein ehemaliger Schulkamerad kommt aus dem Krieg zurück. Wir treffen uns auf der Straße. Nach dem üblichen Informationsaustausch folgender Kurzdialog:

Er: „Willst du nicht mal mit zu unserem Pastor? Wir treffen uns dienstags um 20 Uhr im Pfarrhaus."

Ich: „Kann ich ja mal machen."

Er: „Ich hole dich ab."

„Abholen" war in jenen Zeiten, das sollte ich noch erfahren, eine der wichtigsten missionarischen Methoden.

Der alte Pastor war noch genauso langweilig wie damals im Konfirmandenunterricht und im CVJM. Um einen Tisch in einem tristen Zimmer mit uralten dunklen Tapeten saßen etwa zehn Jungen seines letzten Konfirmandenjahrgangs.

Er las aus einer christlichen Jugendzeitschrift, Vorkriegsdatum, eine Geschichte vor, dann legte er einen Bibeltext aus, trocken und moralisierend wie einst.

Zwischendurch wurde ein Lied gesungen. Endlich ermahnte er uns zur Mitarbeit, ohne konkrete Aufgaben zu nennen. Das alles hatte keinen Bezug zu mir, ging mich im Grunde doch überhaupt nichts an. Auf dem Nachhauseweg stand fest: Einmal und nicht wieder!

Am nächsten Dienstagabend läutet die Haustürglocke. Mein Vater geht zur Tür. Als er zurückkommt, sagt er: „Der kleine Heinrich K. will dich abholen."

Ich sage: „Nein. Ich gehe nicht mit."

Mein Vater, überhaupt kein Kirchenmann, meint: „Willst du dem Lüttken nicht den Gefallen tun?"

Und weil ich Heinrich, dem jüngsten Sohn des Bäckers an der Straßenecke, „einen Gefallen tun" wollte, ging ich mit.

Unser alter Pastor hatte einen Kollegen aus einem lippischen Dorf gebeten, „die Stunde" zu leiten, und der machte das als Rheinländer ziemlich locker und irgendwie überzeugend, wenn auch nicht gerade aktuell. Es schlug kein Blitz ein, und ich hörte auch keine Stimme vom

Himmel, aber ich blieb von nun an „dabei". Bald kamen andere „alte Krieger" hinzu. Und nach relativ kurzer Zeit leitete ich die Gruppe und – legte die von mir neu entdeckte Bibel aus.

Fragen Sie bitte nicht, welch eine Theologie oder Auslegungsmethode ich damals hatte. Ich hatte keine von beiden! Immer mehr aber war ich fasziniert von diesem Buch und seinen Geschichten und der „Nachricht", die ich aus ihnen vernahm.

Der lippische CVJM mit seinen Mitarbeitertagen, bestimmte Prediger – zum Beispiel der lutherische Superintendent und Bibelschulleiter Theodor Brandt oder Johannes Busch, das evangelistische Urgestein, dem ich erstmals auf dem großen Pfingsttreffen des CVJM-Westbundes in Herford gegenüberstand – beeindruckten mich damals stark.

Allerdings: Die Botschaft, die mich „traf", hatte wenig mit dem zu tun, was mich konkret bedrückte. Es war keine Aufarbeitung der jüngsten Vergangenheit damit verbunden. Es ging immer um die „Rechtfertigung des Sünders" und man blieb überwiegend im individuellen Bereich. Themen wie „Christ und Sport", „Christ und Tanz", „Du und das andere Geschlecht", ob Rauchen Sünde sei oder ob hohe Absätze, Make-up und bestimmte Haarfrisuren und Kleider für christliche Mädchen und Frauen „passend" seien, erhitzten unsere Gemüter, nicht aber Fragen wie „Warum sind wir bis 1934 und vielleicht noch etwas länger als Evangelische Jugend unter Hitlers Fahnen und Fackeln mitmarschiert?" oder „Was hat unseren Pastor damals bewogen, einen Sonntagsgottesdienst zu halten, in welchem der ‚Übertritt' aller Gruppen der unter Achtzehnjährigen in die Hitlerjugend die christlichen Weihen erhielt?", ganz abgesehen von den großen Themen wie Judenvernichtung und Krieg.

Es war ein politisch keimfreies Evangelium, das uns damals angesagt wurde – und doch hat es mich auf die richtige Fährte gesetzt! Die Kirche, die alte Kirche, die ich aus Kinder- und Jugendzeit kannte, erweckte neue Liebe in mir. Und das innere Vakuum füllte sich. Die Leere wich. Ich musste mich nicht mehr mit der Niederlage plagen und auch nicht mit dem, was ihr voraufgegangen war. Ich musste mich auch nicht selbst rechtfertigen, denn das hatte ja eine andere, letzte und höchste Instanz längst getan. Und ich wusste: Ich bin nur deswegen heil aus diesem Krieg herausgekommen, damit ich diese Sache „Evangelium" zu meiner eigenen mache und weitertreibe.

Als dann im Sommer 1946 unerwartet ein Brief der Tischlerfachschule eintraf, in dem mir mitgeteilt wurde, ich könne sofort in das laufende Semester einsteigen, da zwei Studierende ausgefallen seien, sagte ich ab. Und nahm das inzwischen ergangene Angebot meiner Kirchengemeinde an, ab dem 1. Januar 1947 hauptamtlich als Jugendwart für männliche Jugendarbeit tätig zu werden.

Zwischenbilanz II

Ein geistiges Vakuum musste gefüllt werden. Die innere Leere, die viele meiner Zeitgenossen damals spürten, hat sich danach mit den verschiedensten Inhalten gefüllt. Bei einigen von uns war es die neu gehörte Botschaft der alten Kirchen. Die Antwort auf die Frage unseres Themas hängt auch oder sogar entscheidend davon ab, aus welchem Geist das Geschehen des 8. Mai 1945 beurteilt wird. Die Antwort aus dem Geist der biblischen Botschaft ist sicherlich nicht die einzig mögliche – sie wurde es aber für mich und viele andere.

Die Frage nach den Juden

Dass alle meine jüdischen Nachbarn nicht mehr da waren, kam langsam in mein Bewusstsein. Dass die allermeisten von ihnen in Hitlers Vernichtungslagern umgekommen sein mussten, wurde immer mehr durch Zeitungen, Rundfunk und Wochenschauen deutlich.

Nachdenken: Wie habe ich mich persönlich damals, gleich nach dem ominösen 30. Januar 1933, meinen jüdischen Klassen- und Spielkameraden sowie ihren Familien gegenüber verhalten?

Ergebnis: Du hast zwar keinem „etwas getan", aber du hast auch für keinen etwas getan, zum Beispiel hast du nicht den ernsthaften Versuch unternommen, zu ihnen Kontakt zu halten und ihnen die Gewissheit zu geben, dass du sie nicht auch verachtest. Dieses Nicht-Tun, dieses Unterlassen, dieses Vorübergehen an ihrer Ächtung und Isolierung ist deine Schuld! Die individuelle Rechtfertigungslehre bekam jetzt eine neue Konkretion. Irgendwann begann ich, die Bibel als von Israel kommend zu verstehen: als ein Geschenk an uns Heidenchristen. Und von der persönlichen schuldhaften Anteilhabe am schrecklichen Schicksal unserer jüdischen Nachbarn fing ich an, nach dem ganzen Ausmaß deutschen Verbrechens an den Juden Europas zu fragen. Zugleich kamen dabei die anderen verfolgten Minderheiten in den Blick: Sinti und Roma, Homosexuelle, Kommunisten, Sozialisten, Jehovas Zeugen, um nur einige der ausgegrenzten Gruppen zu nennen.

Die Gründung des Staates Israel im Jahre 1948 hat mich, soweit ich mich erinnere, kaum berührt. Aber eine nicht lange danach erschienene Schrift des Schweizer Alttestamentlers Wilhelm Vischer mit dem Titel „Der neue Staat Israel und der Wille Gottes" war ein Schlüsselerlebnis, auch wenn ich diese Schrift in ihren theologischen Schlussfolgerungen heute ablehne.

Von da an interessierte mich dieser Staat der Juden nicht nur, sondern mir wurde klar, dass wir ihn nicht ausklammern dürfen, wenn wir ernsthaft über Juden und Judentum heute nachdenken wollen. 1960 reiste ich zum ersten Mal nach Israel.

Irgendwann begann ich auch, die Geschichte der christlichen Kirchen als eine im Ganzen antijudaistische Geschichte und Theologie zu begreifen. Und ich fragte und frage mich, ob angesichts dieser Geschichte, die mit dazu beigetragen hat, dass Auschwitz möglich wurde, eine christliche „Theologie nach Auschwitz", die über ein allgemeines Bedauern im Sinne des „Stuttgarter Schuldbekenntnisses" nicht hinausgeht, weiter so tradiert werden darf. Die Antwort darauf liegt noch vor mir. Ein Einzelner wird sie nicht geben können. Aber es wird, und das lässt mich hoffen, daran gearbeitet, wenn auch längst nicht überall und schon gar nicht genug in den Gemeinden.

Das Nachdenken über die Diskriminierungen und Verfolgungen der Juden bis hin zum fast gelungenen Versuch ihrer totalen physischen Ausrottung durch ein Regime, das den Judenhass zum Programmpunkt Nr. 1 erhob und der seine Wirkung auf die Massen nicht verfehlte – das alles ließ mich den 8. Mai 1945, wenn auch nicht sofort, als einen Tag der Befreiung begreifen:

Wir waren befreit von einem Regime, das sich angemaßt hatte, über bestimmte Menschen und Menschengruppen zu befinden, sie seien von nun an als „Minderwertige", „Ungeziefer" oder „Untermenschen" zu begreifen und entsprechend zu behandeln.

Wir waren befreit, als Christen unser Verhältnis zu den Juden und zum Judentum neu zu überdenken und aus einer beinahe zweitausendjährigen Schuldgeschichte herauszutreten und nach einem neuen Weg des Miteinanders zu fragen, erstmals ohne den traditionellen Vorbehalt, als Christen im Besitz der überlegenen und einzig möglichen Religion zu sein.

Wir waren befreit, frei von Ideologie und Fremdbestimmung, Schuld und Versagen gegenüber den Juden zu erkennen, zu benennen und zu bekennen.

Auch wenn dies in den Kirchen nur sehr zögernd geschah und lange auf sich warten ließ – es geschah doch. Ich nenne nur das „Darmstädter Wort": „Wir sind in die Irre gegangen" und den Aufsehen erregenden Beschluss der Rheinischen Synode von 1980.

Anstöße erhielt ich persönlich von Helmut Gollwitzer, dem streitbaren Professor und Israelfreund; von Eberhard Bethge, dem Schüler und Biografen Dietrich Bonhoeffers, von Friedrich-Wilhelm Marquardt, der zuletzt eine mehrbändige Dogmatik diesem Thema widmete; von den beiden Alttestamentlern Frank Crüsemann und Rolf Rendtorff – sowie von vielen anderen. Sie alle sind vorgeprescht auf der Suche nach einem neuen Bibelverständnis, das die Juden weder diskriminiert noch vereinnahmt, sondern ihnen ihren eigenen Weg zum Heil lässt. Hier wird gesucht nach einem neuen Verständnis des Judentums und des Alten Testaments (der Hebräischen oder Jüdischen Bibel), zugleich geht es um neue Einsichten in die Jesusschriften des Neuen Testaments und in die Gestalt des Jesus von Nazareth.

Nachdenken über den Krieg

Eigentlich, nachdem der von Deutschland angezettelte Krieg auf Deutschland zurückgeschlagen hatte, die meisten unserer großen und größeren Städte in Trümmern lagen, ganz abgesehen von den Toten, Verwundeten und für immer Geschädigten – eigentlich hätten wir für einige Generationen genug von allem haben müssen, was irgendwie nach Krieg aussieht oder riecht. Aber es kam aus dem Volk kein ernsthafter Widerstand, als schon bald nach der Installierung der Bundesrepublik Deutschland die Debatten um einen künftigen „Wehrbeitrag" begannen. Für die Betreiber und Initiatoren, die Bundesregierung unter Konrad Adenauer, gab es offensichtlich nichts Wichtigeres. Wir haben damals leidenschaftlich darüber diskutiert und Stellung bezogen, allerdings vor allem auf Mitarbeitertagen der Evangelischen Jugend, soweit ich das für meinen Arbeitsbereich sagen kann. Und ich war ziemlich erschrocken, als mir auf einer solchen Tagung zwei junge Männer sagten: „Wir hätten am liebsten verweigert. Aber unsere Väter sagten: Das könnt ihr uns doch nicht antun." Die Väter waren es, die uns so bald nach dem größten von Deutschland ausgegangenen Krieg, der in einem deutschen Desaster geendet hatte, wieder eine deutsche Armee bescherten. Aber: die jungen Männer konnten den „Dienst mit der Waffe" verweigern! Zwar nicht einfach so, als freie Alternative, sondern mit der Darlegung von Gewissensgründen, über die ein Ausschuss in erster, eine Prüfungskammer in zweiter und ein Verwaltungsgericht in dritter und letzter Instanz zu befinden hatte. Wer die Prozedur auf sich nahm, und die konnte oft psychisch erheblich belastend sein, der durfte Zivildienst leisten, der heute aus dem sozialen und diakonischen Bereich unserer Gesellschaft nicht mehr wegzudenken ist.

Die Kirchen konnten sich bisher nur zu einem Sowohl-als-auch durchringen. Sie sind für die Bundeswehr da als Militärseelsorge und stellen zugleich für die Wehr-dienstverweigerer Beistände und schaffen im kirchlichen und diakonischen Bereich Zivildienststellen. Man mag diese Ambivalenz bedauern, sie ist dennoch ein tragbarer Kompromiss in dieser Welt. Ich meine: auch diese Frei-heit, den „Dienst mit der Waffe", wie das im offiziellen euphemistischen Sprachgebrauch heißt, verweigern zu können, ist eine Folge dessen, was nach dem 8. Mai 1945 möglich wurde: ein freiheitlich-demokratischer Staat, der die Gewissen achtet, in dem auch die Kirchen die Freiheit bekamen, die Frage von Krieg und Beteiligung am Krieg neu zu überdenken. Als ich mich in den 50er Jahren gegenüber einem Pfarrer darüber beklagte, dass die Kirchen hier nicht eindeutiger seien, sagte er: „Was wollen Sie? Dass diese Frage überhaupt in der Kirche diskutiert wird und dieses Sowohl-als-auch nun wenigstens erreicht ist – das ist eine Revolution im kirchlichen Denken und Handeln."

Ich habe es von Anfang an, nicht zuletzt auch Martin Niemöller und Gustav Heinemann folgend, mit den Kriegsdienstverweigerern gehalten: über fünfzehn Jahre lang als Beistand, aber auch bei Demonstrationen und öffentlichen Kundgebungen. Und in Predigten, wenn der Text dazu herausforderte. Dabei habe ich aber nie die Bundeswehr beziehungsweise ihre Angehörigen diskrimi-niert oder ihnen ihr christliches Gewissen abgesprochen, wenn sie sich denn darauf beriefen.

Dies alles sind Freiheiten, die in der NS-Diktatur, aber auch im alten Preußen und in der nachfolgenden Wilhelminischen Epoche nicht denkbar und schon gar nicht durchführbar waren. Man lese Kriegspredigten und Aufsätze in Kirchenblättern, Aufrufe und Fürbitten von Bischöfen – auch noch im letzten Krieg!

Zum Nachdenken über den Krieg gehörte auch das Eingestehen des Unrechts, das den angegriffenen Völkern angetan und im Laufe der Zeit immer deutlicher dokumentiert wurde. Die Erkenntnis, dass militärisches Denken und Handeln nicht neutralisiert werden können von der Politik, die sich der Soldaten bemächtigt und sie für ihre politischen Ziele in die Pflicht nimmt, hat auch bei mir ihre Zeit gebraucht.

Dass ich ein halbwegs guter Soldat und nicht gerade feige war, muss ich doch zusammensehen mit der Tatsache, dass ich vor Leningrad für eine schlechte Sache kämpfte. Noch in den letzten Wochen gingen Meldungen über die Bildschirme und durch die Zeitungen, die belegten, dass die Beteiligung gerade auch der Wehrmacht an den Gräueltaten in den besetzten Gebieten, um vieles umfangreicher war, als wir bislang wussten. Die Frage, ob die Bundeswehr an Traditionen der Wehrmacht anschließen kann, muss deshalb entschieden verneint werden.

Dies alles können wir in Freiheit äußern, auch die starken Bedenken, die sich einstellten bei den Feierlichkeiten am D-Day in Frankreich im vergangenen Jahr, als das Bundeskanzleramt ehemalige Widerstandskämpfer, die Kommunisten waren, von der Liste der deutschen Delegation strich, und vor allem bei dem beklemmenden Schauspiel des „Großen Zapfenstreichs" am Brandenburger Tor mit dem auf Wunsch des Bundeskanzlers vorgeschalteten Choral „Nun danket alle Gott" bei der Verabschiedung erster Klasse der westalliierten Truppen in Berlin. Den Abschied zweiter Klasse hatte Tage zuvor die Rote Armee bekommen.

Dass wir bis jetzt immer auf der Verliererseite standen, wenn wir gegen neues Säbelrasseln protestierten, darf uns nicht hindern, von unserer Freiheit Gebrauch zu machen.

Nachdenken über Flucht und Vertreibung

Um es vorweg zu sagen: Flucht und Vertreibung der Deutschen am Ende des Krieges haben viel Leid und Schmerzen über Menschen unseres Volkes gebracht, die nicht mehr an allem schuld waren, als diejenigen, die ihre Heimat behielten. Ich war acht Jahre lang Pastor in einer Gemeinde am Rande von Münster. Etwa neunzig Prozent der Gemeindeglieder waren vertriebene Schlesier und Ostpreußen, viele von ihnen ehemalige Bauern und Landwirte, die jetzt umgeschult worden waren, vor allem in Berufe des Bauhandwerks. Wenn diese Menschen aus den Fenstern ihrer Siedlungshäuser schauten, sahen sie die Münsterländer Bauern um ihre prächtigen An-wesen die Äcker bestellen. An den eigenen verlorenen Hof in Schlesien oder Ostpreußen erinnerte nur ein naives Gemälde oder ein vergilbtes Foto an der Wohnzimmerwand. Hinzu kam der Verlust Angehöriger durch Kriegseinwirkungen oder auf dem weiten Weg in den Westen. Langsam lernte ich, dass diese Schicksale nicht so einfach mit einer „gerechten Strafe" für das von Deutschland zuvor ausgegangene Unrecht gedeutet werden konnten. Ich lernte, auch den Begriff eines Gottesgerichtes mit großer Vorsicht zu gebrauchen – selbst wenn ich davon überzeugt blieb und bleibe, dass es ein Gericht Gottes war, das da über uns alle gekommen war. Nur: es bleiben da zu viele Fragen offen und es ist zu viel Unrecht dabei geschehen, da sind zu viele hereingerissen, nur weil sie Deutsche waren. Darum rede ich von einem Gericht Gottes gleichsam nur in Klammern.

Dies also sollte feststehen und muss auch gar nicht schamhaft verschwiegen werden, wenn wir des 8. Mai 1945 und allem, was diesem Datum voraufging und nachfolgte, gedenken.

Eines steht jedoch genau so fest: Es hätte keine deutsche Flucht und Vertreibung gegeben, wenn nicht zuvor ungezählte Menschen von uns Deutschen gezwungen worden wären zu emigrieren, zu fliehen oder „umzusiedeln". Nur, wenn wir diese Reihenfolge, dieses historische Nacheinander, an dem es nun einmal nichts zu rütteln und zu deuteln gibt, niemals vergessen, können wir bewahrt bleiben vor einem Aufrechnen von Unrecht und einem Zahlenspiel mit Untaten „beider Seiten", aber auch vor einem erneuten Anspruch auf verlorene Gebiete, in denen andere Menschen jetzt nach beinahe zwei Generationen ihre Heimat sehen.

Es mag für Geflohene und Vertriebene nicht leicht sein, das Datum, über das wir reden, als „gewonnene Freiheit" anzunehmen. Und wir können eine solche Annahme auch nicht einfordern. Ich denke aber bei diesem Thema immer wieder an einen Satz, den mir ein Mann in unserer münsterschen Gemeinde sagte. Er war Bauer in einem Gebiet Russlands gewesen, in das seine Vorfahren einmal aus Deutschland eingewandert waren. Mit seiner Familie wurde er mit vielen anderen deutschstämmigen Bauern auf einen größeren Hof im von der deutschen Wehrmacht eroberten Polen umgesiedelt, nachdem die polnischen Besitzer von Haus und Hof vertrieben waren.

Während der heißen Diskussionen um die Denkschrift der Evangelischen Kirche in Deutschland zur Frage der Ostgebiete, zu Flucht und Vertreibung, als einige unserer Gemeindeglieder für lange Zeit nicht mehr zum Gottesdienst kamen, weil sie sich von ihrer Kirche nicht verstanden fühlten, erzählte mir dieser Mann, er habe damals bei der Umsiedlung zu seiner Frau und den Kindern gesagt: „Wenn es einen gerechten Gott gibt, dann bleiben wir auf diesem neuen Hof nicht."

Er hatte für sich schon lange vor dem 8. Mai 1945 diese Erkenntnis gewonnen und konnte, als es ihn traf, sein „Schicksal" annehmen.

Resümee

„Verlorener Krieg oder gewonnene Freiheit?" Ich lasse es bei dieser Frage und möchte sie nicht für andere beantworten. Meine persönliche Antwort konnten Sie hoffentlich heraushören! Darum möchte ich alle, denen dieses Datum immer noch als das einer Niederlage zu schaffen macht, ernsthaft fragen, ob sie wirklich diese fünfzig Jahre dazu genutzt haben, die Vorgeschichte, die zu diesem 8. Mai führte, zur Kenntnis zu nehmen.

Ich möchte einladen, sich auf die Freiheit einzulassen, die uns nach bitterster Niederlage gewährt wurde, damit wir sie nicht, wenn wir auf der Niederlage, dem dann auch an uns geschehenen Unrecht oder gar auf Revision der Geschichte beharren, erneut verspielen. Ich möchte vor allem alle jüngeren und jungen Menschen einladen, die keine Schuld an dem Geschehen haben, in dieser Freiheit darüber zu wachen und die Verantwortung dafür zu übernehmen, dass diese Freiheit erhalten bleibt.

Wer aber damals unter dem NS-Regime besonders gelitten hat: in Lagern, in Gefängnissen, im Untergrund oder in der Emigration, im Widerstand oder in der Kriegsgefangenschaft – der wird unsere Ausgangsfrage wohl so nicht stellen.

Versöhnung

Wieder ein Morgen
ohne Gespenster
im Tau funkelt der Regenbogen
als Zeichen der Versöhnung

Du darfst dich freuen
über den vollkommenen Bau der Rose
darfst dich im grünen Labyrinth
verlieren und wiederfinden
in klarerer Gestalt

Du darfst ein Mensch sein
arglos

Der Morgentraum erzählt dir
Märchen du darfst
die Dinge neu ordnen
Farben verteilen
und wieder
schön sagen

an diesem Morgen
du Schöpfer und Geschöpf

Rose Ausländer, 1901-1988

Stationen der Versöhnung

Predigt nach 1. Mose 27, 32 und 33

Nacht lag über dem Ostjordanland. Und Jakob hatte Angst. An der Schwelle des gelobten Landes, aus dem er vor langer Zeit allein fliehen musste, sah der nun reich gewordene Besitzer großer Viehherden seine ganze Existenz bedroht und sowohl das eigene wie auch das Leben seiner Frauen und Kinder tödlich gefährdet. Denn der aus zwanzigjährigem Exil Heimkehrende wird, wenn er morgen die Grenze zur von Gott versprochenen Heimat überschreitet, einer Begegnung nicht ausweichen können, die ihn schon jetzt erzittern lässt. Jakob wird, wenn er das Land seiner Väter wieder betritt, auf den Mann stoßen, dessentwegen er sich vor zwei Jahrzehnten überstürzt auf die Flucht nach Mesopotamien begab, von wo vor langer Zeit sein Großvater Abraham aufgebrochen war, um das Land der Verheißung zu suchen.

Eigentlich hätte Jakob gleich mehrere Gründe gehabt, mit seiner Familie und den vielen in seinem Dienst stehenden Leuten in dieser Nacht durchzufeiern: weil er wohlhabend und gutsituiert zurückkam, weil die Fremde nun hinter ihm lag, weil das Heimweh, das ihn dort umgetrieben hatte, von ihm gewichen war. Aber Jakob überfällt in dieser Nacht die nackte Angst vor seinem Bruder Esau. Denn er hat ihn damals betrogen, hat den blinden sterbenden Vater mit Hilfe seiner Mutter, deren Liebling er war, überlistet, hat sich selbst als der ältere Bruder ausgegeben und so den väterlichen Segen und das Erbe erlangt. Der Betrogene hatte einen grässlichen Schwur getan: „Es wird die Zeit bald kommen, dass man um meinen Vater Leid tragen muss; dann will ich meinen Bruder Jakob umbringen."

Zwanzig Jahre! War denn nicht längst Gras über die Geschichte gewachsen? Vielleicht hatte Jakob das geglaubt. Hatte Gott ihn nicht reich gemacht? Ermöglichte er ihm jetzt nicht die Heimkehr? Lag das gelobte Land nicht wieder vor ihm?

Auf einmal schlägt das Gewissen, und die Vergangenheit holt ihn ein, und er weiß: Ich bin schuldig an meinem Bruder und habe, wenn ich es recht bedenke, seine Rache verdient.

Jakob schickt Boten in die kargen Berge Edoms am Golf des Roten Meeres, der dürftigen, trostlosen und unfruchtbaren Landschaft, die Esau verblieben war, nachdem Jakob sich das üppige Weideland vom Vater erschlichen hatte. Jetzt lässt er die Boten ausrichten:

„Dein Knecht Jakob lässt dir sagen: Ich bin bisher bei Laban lange in der Fremde gewesen und habe Rinder und Esel, Schafe, Knechte und Mägde und habe ausgesandt, es dir, meinem Herrn anzusagen, damit ich Gnade vor deinen Augen fände."

Jakob gibt sich in die Hand des Bruders, seines Todfeindes! Er macht sein Leben abhängig von dessen Wohlwollen! Aber seine Boten melden ihm: Esau kommt ihm schon entgegen – und vierhundert Mann mit ihm!

Hirtenstämme hatten ihre Späher, die sofort meldeten,

wenn sich Fremde in ihr Gebiet begaben oder an dessen Grenzen auftauchten.

Jakob stellt eilig ein großes Geschenk an Vieh und anderen Gütern zusammen, um die Rache des Bruders abzuwenden, um sich freizukaufen von der Schuld. Und dann betet er! Demütig. Dankt Gott für alles, was er in den Jahren seines Exils empfangen hat, sagt nicht: Ich habe es mir redlich erarbeitet, sondern sagt: „HERR, ich bin zu gering aller Barmherzigkeit und aller Treue, die du an deinem Knechte getan hast"; aber nun, Gott: „Errette mich von der Hand meines Bruders."

Das ist die erste Station auf dem Weg zur Versöhnung! Die Einsicht eigener Schuld und begangenen Unrechts ohne Wenn und Aber. Solche Geschichten sind keine politischen Rezepte! Und wenn wir hier heute beieinander sind, um fünfundvierzig Jahre nach dem Überfall des Deutschen Reiches auf die Sowjetunion über die Versöhnung unserer Völker nachzudenken, dann bieten wir dafür keine Patentlösung an. Aber wir sind durch eine solche Geschichte zur Überprüfung unseres Gewissens und zu einer Veränderung unseres Bewusstseins aufgerufen, damit die unbereinigte, unversöhnte Vergangenheit uns nicht immer wieder einholt, wie Jakob seine zwanzig Jahre zurückliegende Schuld an Esau einholte und er, statt hellen Tag und Freude über die Heimkehr, Nacht und Angst erfuhr.

Wir bleiben an der Schwelle des gelobten Landes, einer Welt in Frieden, und kommen nicht hinüber. Wir bleiben in Angst und leben weiter von einem Feindbild, wenn es nicht zur Versöhnung kommt.

Noch aber versucht Jakob, die Sache in die eigene Hand zu nehmen und sich mit „Leistungen" in Form von überdimensionalen Geschenken die Versöhnung durch Wiedergutmachung zu erkaufen.

Als er seine Herden, seine Familie und seine Leute durch den Grenzfluss Jabbok geführt hat, bleibt er allein am Ufer zurück. Und da, so lesen wir in unserer Geschichte, „rang ein Mann mit ihm, bis die Morgenröte anbrach."

Jakob wird in einen Zweikampf gerissen im Dunkel der Nacht. Und er kämpft so stark und leidenschaftlich, dass dieses Ringen bis zum Anbruch des Tages währt. Endlich schlägt ihm der Angreifer auf die Hüfte, auf den Ischiasnerv und renkt ihn aus. Aber Jakob hält dieses Wesen fest, und er ahnt: Dies ist kein Mensch wie ich. Und als der Angreifer sagt: „Lass mich gehen, denn die Morgenröte bricht an", da keucht Jakob: „Ich lasse dich nicht, du segnest mich denn."

Die Lebenskraft dieses Wesens in der Gestalt eines Mannes soll auf ihn übergehen, das meinte man damals mit „Segen". Anteil will Jakob an dem, der mit ihm ringt. Aber er hört stattdessen nur: „Wie heißt du?" Und als Jakob seinen Namen nennt, sagt der Mann zu ihm: „Du sollst nicht mehr Jakob heißen, sondern Israel; denn du hast mit Gott und mit Menschen gekämpft und hast gewonnen."

Jakob muss seinen Namen nennen. Und in diesem Namen liegt die Verbindung zwischen seiner schuldhaften Vergangenheit, dem Unrecht, das er Esau angetan hat, und der Zukunft, die ihm durch die Furcht vor dem feindlichen Bruder verdunkelt ist. Denn in dem Namen Jakob klingt das an, was er ist: ein Betrüger. Doch Jakob sagt seinen Namen, er redet nicht darum herum, er spricht ihn aus, sagt: Jakob. Sagt: Betrüger. Und nun muss ihn auf einmal dieser Name nicht mehr belasten. „Du sollst nicht mehr Jakob heißen, sondern Israel."

Einer, der mit Gott gestritten und – gewonnen hat! Denn immer war Gott im Spiel, als Jakob meinte, es ginge „nur" um Esau! Nicht vor Esau hätte er sich fürchten müssen, sondern vor Gott. Und hätte er sich vor zwanzig Jahren vor Gott gefürchtet, dann bliebe ihm jetzt die Furcht vor Esau erspart! Doch was heißt denn: „Du hast gewonnen?" Hat ihm dieses Wesen in der Nacht am Jabbok nicht den Nerv ausgerenkt, so dass er von nun an hinken muss?

Das ist das Geheimnis Israels und derer, die an den Gott Israels glauben: dass er sich herablässt und denen hingibt, die gegen ihn kämpfen und deren eigene Mächtigkeit, mit der sie ihm trotzten, zerbrach.

Da gibt Jakob dem Ort den Namen Pnuël. Und sagt: „Ich habe Gott von Angesicht gesehen, und doch wurde mein Leben gerettet."

Dieser Gott will nicht den Tod des Sünders, sondern dass er sich bekehre und lebe.

„Und als er an Pnuël vorüberkam, ging ihm die Sonne auf; und er hinkte an seiner Hüfte."

Lahmgeschlagen, vor Gott ein Hinkender, nicht mehr der unbändige Kraftmensch: So erlebt Jakob, der jetzt Israel heißt, das Ende der Nacht. Und die Sonne geht ihm auf. Ihm ganz persönlich gilt dieser Anbruch des neuen Tages.

Dies wäre die zweite Station der Versöhnung: Den Namen nennen, bekennen, wer man ist, wer man war in der schuldhaften Vergangenheit. Denn die Schuld muss nicht nur erkannt und benannt, sie muss auch be-kannt werden. Dies müssten Menschen wissen, die diesen Gott kennen: dass Schuld am Menschen immer Schuld an Gott ist, der für diejenigen eintritt, die hier Unrecht erleiden.
Schwerlich kann man dies von einem ganzen Volk verlangen, denn Schuld ist immer zuerst eine persönliche Sache. Aber uns, die wir uns auf diesen Gott, den Vater Jesu Christi, eingelassen haben, sollte es nicht schwer sein, unsere Schuld zu bekennen und nicht zu verrechnen mit dem Unrecht, das auch vielen von uns danach geschehen ist. Verrechnen bringt nicht weiter. Und Verschweigen und Verdrängen auch nicht. Bekennen aber, auch wenn das vor Gott ein Zerbrechen ist, ein Lahmwerden im Blick auf die eigenen Versuche, ein demütiges Nennen des „Namens" – so bin ich, der bin ich, die sind wir, Gott – lässt die Nacht weichen und die Sonne eines neuen Tages aufgehen. Und wir können denen begegnen, an denen wir schuldig wurden und die wir fürchten.

Und dann ist Esau da. Jakob geht auf ihn zu. Siebenmal verneigt er sich bis zur Erde auf diesem letzten und schwersten Wegstück, wie die Kleinkönige vor dem ägyptischen Pharao. Nicht als der Ebenbürtige, sondern wie ein Untergebener begegnet Jakob dem Bruder, an dem er schuldig wurde. Dann aber geschieht Erstaunliches: „Esau aber lief ihm entgegen, und herzte ihn und fiel ihm um den Hals und küsste ihn und sie weinten."

Versöhnung ist auf einmal möglich, wo Rache zu erwarten war. Esau muss nicht mit Geschenken beschwichtigt werden. Esau ist schon gnädig, ist gar nicht mehr der Feind. Er kommt auf Jakob zugelaufen. Er umarmt ihn und fällt ihm um den Hals, und sie tauschen den Kuss des Friedens. Und weil Esau nicht von der Vergangenheit und nicht von der Schuld Jakobs spricht, sondern ihn annimmt, als wäre nichts zwischen ihnen, kein Betrug, keine Benachteiligung, kein Racheschwur, da sagt Jakob: „Hab ich Gnade gefunden vor dir, so nimm mein Geschenk von meiner Hand; denn ich sah dein Angesicht, als sähe ich Gottes Angesicht, und du hast mich freundlich angesehen." Eine unerhörte Aussage in Israel: dass im Angesicht eines Menschen das Angesicht Gottes geschaut wird!

Von dieser dritten Station der Versöhnung können wir vorerst nur träumen. Bis es geschieht, dass wir im Angesicht derer, die wir jetzt als Feinde bezeichnen und vor denen wir meinen uns fürchten zu müssen, gegen die wir rüsten und immer wieder rüsten, denen wir unsererseits Schuld um Schuld vorhalten ohne zu bekennen, was wir ihnen angetan haben; bis es geschieht, dass wir in ihrem Angesicht das Angesicht Gottes sehen, das heißt aber Güte und Brüderlichkeit und Frieden – bis dahin ist noch ein weiter Weg. Aber uns, die wir das Lob dieses Gottes Jakobs singen, müsste bekannt sein, dass dieser Weg der einzige ist, der Verheißung hat.

Im August vorigen Jahres gingen meine Frau und ich mit einer Gruppe junger Deutscher über einen großen Friedhof in Leningrad. 500.000 Menschen, etwa die Hälfte derer, die in dieser Stadt während der rund dreijährigen Belagerung durch die deutsche Wehrmacht verhungert sind, zerbombt und zerschossen wurden, liegen da unter grünen Hügeln. Ich hatte meinen Anteil an diesem schrecklichen Geschehen ohne zu wissen, was diejenigen, die uns die Befehle gaben, beschlossen hatten. Aber nun wusste ich es längst. Meine Frau legte zusammen mit dem jüngsten Teilnehmer unserer Delegation einen Kranz nieder. Und ich durfte eine Rede halten und konnte aussprechen, was ich empfand und wie ich vor Gott und den Menschen dieses Landes dastand. Zwei junge Sowjetrussen aber, die das alles miterlebten und anhörten, weinten und umarmten uns: ein Sohn und eine Tochter derer, denen dieses Schreckliche geschehen war. Und wir erfuhren Versöhnung.

Dies ist die Stunde der Väter

Dies ist die Stunde der Väter. Eurer Väter! Denn ich, als einer aus dieser Vätergeneration, kann nicht im Namen aller Väter sprechen. Ich spreche für mich. Doch vielleicht ist dies auch eine Art Stellvertretung für die Väter, die nicht sprechen wollen oder .können.

Ich sehe Leningrad zum ersten Mal: diese wunderbare Stadt, ihre Straßen und Plätze und Paläste und Kirchen: ich sehe die Newa und die Kanäle und Inseln und Brücken; ich spüre den Wind vom Finnischen Meerbusen; ich sehe die Menschen in dieser Stadt – und denke zurück.

Vor dreiundvierzig Jahren gehörte ich zu den Soldaten, die diese Stadt und ihre Menschen einschließen, aushungern und vernichten sollten. Die Toten, derer hier in Piskarjowskoje gedacht wird, gehören zum Minus in der Bilanz meines Lebens. Denn ich kann meine soldatische Qualität nicht aus der Klammer lösen, deren Vorzeichen dieses Minus ist. Ich war Kämpfer vor Leningrad für eine schlechte Sache: für den Überfall auf ein Land, dessen Bewohner ausgerottet und vernichtet werden sollten, dessen Gefangene nicht nach internationalem Recht, sondern nach dem Gesetz des Hasses behandelt wurden. Das hier an dieser Stelle auszusprechen, ist mir wichtig! Denn nur das Erkennen, das Anerkennen und das Bekennen von Schuld befreit. Und darum bitte ich euch, mit mir der Opfer und Leiden des sowjetischen Volkes und der Menschen in dieser Stadt zu gedenken: der Mütter und Väter, der Töchter und Söhne, für die diese Gedenkstätte errichtet wurde. Es hat mir gut getan, dass uns oft gesagt wurde: Wir unterscheiden zwischen Faschisten und Deutschen. Vielleicht gibt diese Unterscheidung den Menschen überhaupt die Möglichkeit, uns in ihr Land kommen zu lassen und uns freundlich zu begegnen. Für mich darf dies aber nicht heißen, ich hätte das Problem gelöst! Die Aufarbeitung historischer Zusammenhänge, so wichtig sie ist, befreit mich nicht von der Schuld. Die kann mir nur Gott vergeben. Und die Menschen, an denen wir Väter schuldig wurden. Und es ist gut, dass eine Tochter und ein Sohn des sowjetischen Volkes, Irina und Valerie, bei uns sind und dies mithören. Denn zum Gedenken an die Vergangenheit und zum Weitersagen an die Nachgeborenen gehört auch dies: „Denn bei dir ist die Vergebung", dass man dich fürchte. (Psalm 130,4)

Doch nun zu euch, den Nachgeborenen:

„Denn ich, der HERR, dein Gott, bin ein eifernder Gott, der die Missetat der Väter heimsucht bis ins dritte und vierte Glied an den Kindern derer, die mich hassen ..." (2. Mose 20,5)

So steht es geschrieben im zweiten Gebot nach biblischer Zählung. Wir haben euch eine Last auferlegt, die müsst ihr tragen, auch ihr als die Nichtschuldigen. Ihr tragt unsere Namen. Ihr seid gezeichnet. Ihr müsst die Folgen dessen, was wir Väter anrichteten, übernehmen: denn so etwas ist nicht mit dem Dahinsterben einer Generation aus der Welt. Dass ihr dafür einsteht, dieses schlimme Erbe übernommen habt, dass ihr eine solche Reise durchführt: dafür ist euch zu danken. Und wenn ihr im Sinne Bertolt Brechts „Nachsicht" mit uns übt, ist euch das hoch anzurechnen.

Lasst uns gemeinsam den neuen Weg der Versöhnung mit der Sowjetunion gehen. Dieser Weg zum Frieden ist schwer genug. Und ich vermag nicht zu sagen, ob wir es damit bei uns zu Hause schwerer haben werden als hier. Aber es ist ein Weg, der voller Verheißung ist: der Weg in der Nachfolge des Mannes aus Nazareth, von dem wir gehört haben: „Selig sind die Friedfertigen; denn sie werden Gottes Kinder heißen." (Matthäus 5,9). Kinder seiner einen Welt. Und der Friede Gottes, der alles Denken übersteigt, halte die Wacht über unsere Herzen und Gedanken. Amen.

2

Milch und Mazzen gratis

Sie verschenkten die Vollmilch, noch warm und frisch von der Kuh, an die Nachbarn. Nicht jeden Tag, aber immer dann, wenn Kühe im Stall standen, die noch Milch gaben und daher täglich zweimal gemolken werden mussten, bevor sie verkauft wurden.

Im Frühjahr, zur Zeit ihres Passahfestes, brachten sie uns „Mazzen". Wir nahmen die an Knäckebrot erinnernden quadratischen Scheiben nicht nur aus Höflichkeit an, sondern aßen sie gern in unseren Malzkaffee gebrockt und mit Zucker gesüßt zur nachmittäglichen Vesper.

Wir sahen sie an den Freitagabenden oder an ihren besonderen Festtagen – dunkel gekleidet, die Männer mit schwarzen Zylindern auf den Köpfen – zur Synagoge gehen, die von uns Judenkirche genannt wurde. Am Samstag arbeiteten sie nicht; denn sie feierten nicht den Sonntag der Christen, nicht den ersten, sondern den letzten Tag der Woche, den siebenten, den Sabbat. Was dieser Tag aber für sie bedeutete und wie sie ihn zu Hause feierten, das wussten wir nicht.

Von unseren unmittelbaren Nachbarn, den Hamlets, wussten wir, dass Paul einen Viehhandel betrieb und seine Frau Berta aus dem Hannoverschen stammte.

Von Wallhausens wussten wir, dass ihnen das kleinere Haus neben Hamlets gehörte.

Vater Moritz betreibt darin eine kleine Metzgerei, das Schlachthaus grenzt an unseren Garten. Er schlachtet nur kleineres Vieh: Schafe und Ziegen, hin und wieder ein Kälbchen.

Auch seine Frau heißt Berta, und deren mit im Haushalt lebende, unverheiratete Schwester ist die Tante Sella.

Einziges Kind von Berta und Moritz ist Günther. Und der ist mein Freund. Zeitweise sind wir richtig unzertrennlich. Oft sitze ich in der gemütlichen, etwas niedrigen Wohnküche, in der es immer nach Gebratenem riecht. Dann warte ich, bis Günther mit der Schreibübung in der alten Sprache seines Volkes fertig ist, die ihm seine Mutter diktiert. Oder ich warte, wenn er vom Religionsunterricht in Bad Salzuflen erst später nach Hause kommt, bis er gegessen hat. Er will nie die von seiner Mutter warmgehaltene Portion aufessen, weil er mit mir nach draußen will. Aber das lässt sie nicht zu.

Wir wussten, dass den jüdischen Jungen bald nach der Geburt ein Stück von ihrem Penis abgeschnitten wurde: die Vorhaut. Das sahen wir auch, wenn wir auf der Mauer von Hamlets Mistgrube standen und versuchten, in hohem Bogen bis auf die gegenüberliegende Umfriedung zu pinkeln: dem Günther und dem Egon fehlte da was. Ja, und ich wusste sogar noch mehr und sagte es auch, als wir wieder mal an Hamlets Mistgrube standen: „Die Juden glauben nicht an Jesus. Sie meinen, er sei am Kreuz gestorben; dabei ist er doch auferstanden und lebt." Woher weiß ich das? Aus dem Kindergottesdienst? Von meiner Mutter? Sowohl als auch. Mein Freund Günther lächelt nur ob meiner „theologischen" Anmerkungen, die überhaupt nicht böse gemeint sind. Mag sein, es schwang so ein wenig christliche Überheblichkeit mit. Unbeabsichtigt. Doch Egons Gesicht färbt sich rot. Auch er sagt nichts. Aber als wir versuchen, bis auf die andere Seite des Dunghaufens zu pinkeln, lenkt er seinen Strahl plötzlich auf seine christlichen Konkurrenten im Wettpinkeln und besprenkelt uns ausgiebig. Vor Überraschung können wir nicht reagieren und sind froh, dass sein Wasservorrat bald versiegt.

Die Metzgerei neben Wallhausens, das wussten wir auch, betrieb das ältere Ehepaar Julius und Alma Silberbach. Eine unverheiratete Tochter hieß Herta. Dann war da noch eine geistig und körperlich behinderte Tochter. Sie saß immer im Rollstuhl. Ihre Hände waren verdreht. Im Sommer saß sie im Garten hinter und oberhalb des Schlachthauses. Laut und in der Nachbarschaft deutlich vernehmbar lärmte sie und rief: „Herta! Herta!" oder „Mamma! Mamma!" Wenn Herta oder Mamma nicht gleich reagierten, rief sie „Aaaalsche! Aaaalsche!" Aber die Alsche brauchte gar nicht zu kommen. Das Mädchen im Rollstuhl vergaß sofort, dass es nach der Mutter oder der Schwester gerufen hatte und begann im gleichen Atemzug Lieder zu trällern, aber immer nur auf „Lalala". Die Melodien konnte sie singen, aber die Texte hielt ihr Geist nicht fest. Niemand nahm Anstoß. Niemand fühlte sich gestört. Silberbachs Tochter war halt „ein krankes Kind". Als die Eltern Silberhochzeit feierten, war auch die nichtjüdische Nachbarschaft eingeladen. Ich weiß noch, dass die mit Mettwurst aus Rindfleisch belegten Brote anders schmeckten als unsere.

Sah ich in Wallhausens Küche meinem Freund Günther beim Essen zu, lief mir das Wasser im Mund zusammen. Trotzdem hätte ich wahrscheinlich abgelehnt mitzuessen. Denn es ging ja die Rede, die Juden äßen „koscher". Niemand wusste genau, was das bedeutete, nur, dass sie kein Schweinefleisch aßen, war uns bekannt. Was aber machten sie sonst noch mit ihren Speisen? Musste koscheres Essen nicht auch koscher, das heißt: ganz anders schmecken?

Aber auch das wussten wir: Paul Hamlet, Egons Vater, der Viehhändler von nebenan, der nahm es mit dem koscheren Essen nicht so genau. Im Gegenteil! Wenn seine Frau verreist war, nutzte er die Gelegenheit, anders zu speisen: „Ich habe mir erst mal ein halbes Dutzend Schweinewürstchen gebraten. Wenn Berta das erfährt, schmeißt sie die Pfanne weg." Das hatte er selbst bei uns im Hause erzählt, und alle hatten gelacht: „Ja, der Paul, das ist 'ne Marke; gar nicht wie ein richtiger Jude."

Aber was war ein richtiger Jude? Das wusste niemand von uns, denn wir kannten nur die Außenansicht jüdischen Lebens. Wir sahen, was vor Augen war. Und das unterschied sich nur unwesentlich von unser aller Leben. Das uns „anders" Vorkommende wurde nicht hinterfragt, mitunter als Kuriosum ein wenig bespöttelt, im Großen und Ganzen aber einfach hingenommen. An offenen Antisemitismus in unserer Nachbarschaft kann ich mich, im Blick auf die Zeit meiner ersten Schuljahre, nicht erinnern. Allerdings kann ich auch nicht von Freundschaften zwischen Juden und Nichtjuden erzählen, außer meiner engen Beziehung zu Günther Wallhausen und der nicht ganz so intensiven zu dem jüngeren Egon Hamlet. Man lebte schiedlich-friedlich nebeneinander. Nicht mehr und nicht weniger.

Die Juden hielten sich gesellschaftlich zurück. Und Einblicke in ihr religiöses Leben, sofern sie denn religiöses Judentum praktizierten, erhielten wir von ihnen nicht.

Nur einmal, erinnere ich mich, erzählte Frau Hamlet meiner Mutter und mir etwas über einen jüdischen Brauch. Es war in den ersten Adventswochen, vielleicht um den Nikolaustag herum. Wir saßen in Hamlets Wohnzimmer. Und sie erzählte uns, dass die Juden in diesen Tagen „Chanukka" feierten. Doch wir erfuhren nichts über den Ursprung dieses Festes. Es kam Frau Hamlet vor allem darauf an, uns zu beweisen, dass die Juden doch gar nicht so verschieden von den Christen zu feiern verständen. So berichtete sie von einem „Chanukkamann", der den jüdischen Kindern Geschenke bringe und unserem Nikolaus oder Weihnachtsmann so ähnlich sei, dass wir den Eindruck haben mussten: Genau wie bei uns! Ihre Erzählung beendete sie mit einem langen Gedicht über den Chanukkamann und servierte uns anschließend in langstieligen Gläsern ein Fruchtgelee.

Auch lange vor dem Datum 30. Januar 1933 war bekannt, dass der Nationalsozialismus Hitlers und seiner Gefolgsleute wesentlich vom Judenhass lebte. Wir wurden deshalb von dem, was nach diesem Datum über die Juden hereinbrach, nicht wie von einem Meteoriteneinschlag überrascht. Getragen wurde das alles von einer völkischantisemitisch oder christlich-antijudaistisch denkenden, zustimmenden oder schweigenden Mehrheit. Auch ohne „Mein Kampf" gelesen zu haben, konnte jeder, der Ohren hatte zu hören, sich mit nur wenig Phantasie vorstellen, wohin diese Judenhetze führen würde. Aber wer hat sich solche Gedanken gemacht? Ich jedenfalls, der im März 1933 zwölf Jahre alt wurde, nicht. Und die mich erzogen und meine erwachsene Umgebung bildeten: Eltern, Tante und Onkel, Nachbarn, Lehrer, Pfarrer, Meister und „Führer" in der Jungschar des CVJM – sie haben entweder geschwiegen oder sich mehr oder weniger opportunistisch geäußert.

Mein Vater ließ sich nach 1933 zunächst nicht beirren, ab und zu bei Dunkelheit ins Hamletsche Haus zu gehen. Meine Mutter prophezeite ihm Konzentrationslager: „wenn das mal rauskommt".

Ab wann ich nicht mehr zu unseren jüdischen Nachbarn, vor allem zu meinem Freund Günther Wallhausen, ging, kann ich nicht genau sagen. Ein direktes Verbot hat niemand ausgesprochen. Ich erinnere mich aber, dass Paul Hamlet einmal bei uns im Hausflur mit meinem Vater sprach, als ich vorbeikam. Er sagte: „Na, du gehst wohl auch nicht mehr zu den Juden, was?" Doch er fügte sofort hinzu: „Das lass auch mal lieber sein, es ist besser für dich."

Ein Besuch bei meinem Freund, vor allem nach Einbruch der Dunkelheit, hätte keinen Heldenmut vorausgesetzt, denn durch den Nachbargarten war Wallhausens Hinter-

eingang, ohne die Straße betreten zu müssen, erreichbar. Warum tat ich es also nicht? Es gibt nur eine Erklärung: Ich war angesteckt, infiziert von dem Gift der antijüdischen Propaganda – ohne dass ich sagen könnte, der oder die hat mich direkt beeinflusst, kein Judenhaus mehr zu betreten. Es war aber auch niemand da, der mir ein „Gegengift" verabfolgt hätte.

Gerade jetzt, wo Solidarität und Freundschaft für meine jüdischen Freunde und Nachbarn wichtiger waren als je, habe ich die eine nicht gezeigt und die andere nicht erwiesen. Aber es geschah nicht abrupt, aus einem plötzlichen Entschluss, schon gar nicht entsprang mein Verhalten einer nationalsozialistischen Überzeugung, sofern ein Fünfzehn- oder Sechzehnjähriger die überhaupt schon haben konnte. Ich hatte sie nicht.

Wenn ich heute darüber nachdenke, habe ich mich von der allgemeinen Strömung treiben lassen. Ich tat, was alle oder doch die meisten taten.

Da ich Günther nicht mehr begegnete, wusste ich auch nicht, wie es ihm, bei der immer mehr zunehmenden Diskriminierung und Ausgrenzung der Juden aus ihren bisherigen sozialen Bezügen und der immer bedrohlicher auf sie zukommenden Vernichtung ihrer beruflichen Möglichkeiten und damit ihrer Existenz, erging.

Dass mein Verhalten gegenüber jüdischen Menschen damals durchaus ambivalent war, zeigen zwei Begebenheiten. Die erste beim Vorbeimarsch der SA-Reserve. Mein Patenonkel Gustav Stahlmann war bald nach der Gründung dieser SA-Einheit aus „altgedienten" und schon ziemlich überreifen Daddys eingetreten. Er ähnelte von Figur und Physiognomie dem Wiener Schauspieler Hans Moser. Wenn er mit seinen O-Beinen, über denen sich ein solider Bauch wölbte, in den braunen Breecheshosen und Stiefeln steckte, auf dem hageren Schädel die runde SA-Mütze, dann bot er, wie manche dieser alten „Recken", nicht unbedingt das Bild eines arischen oder nordischen Idealtyps. Er sah den Karikaturen der Juden in der Hetz-schrift „Der Stürmer" ähnlicher als den in den Foto-bänden und auf NS-Plakaten gezeigten Edelexemplaren „arischen" Geblütes.

Eines Tages, wahrscheinlich war es ein Samstag-nachmittag, marschierte die SA-Reserve durch unser Wohnviertel. Nicht aus einem besonderen Anlass. Zum Marschieren bedurfte es dessen nicht. Marschieren war gleichsam eine heilige Handlung. Wir waren längst ein Volk von Marschierern geworden. Darum gehörte es zum Dienstplan aller NS-Einheiten, je und dann mit einem Propagandamarsch durch das Städtchen ihre Präsenz zu demonstrieren. Dabei wurden „Kampflieder" gesungen. Dort, wo Juden wohnten, besonders gern die entsprechenden Strophen, wie zum Beispiel: „Ja wenn das Judenblut vom Messer spritzt, dann geht's noch mal so gut."

Denke ich heute daran, dass dieser SA-Reserve ganz hono-rige Leute unseres Städtchens angehörten, kann ich es kaum begreifen.

Einmal zeigte mir mein Vater zwei Anstecknadeln der sozialdemokratischen Kampforganisation „Reichsbanner".

Er hatte sie in den Mülltonnen zweier prominenter Bürger gefunden, die jetzt beide in der SA-Reserve mitmarschierten.

Diese Truppe also marschiert an jenem Samstagnachmittag. Natürlich mit Fahne. Und da die Fahne „mehr als der Tod" ist, muss sie jeder grüßen, wie die Schweizer den Hut des Landvogts Geßler in Schillers „Wilhelm Tell". Die Fahne grüßen bedeutet: Front zur vorbeigetragenen Fahne machen, den rechten Arm hochrecken, schräg nach vorn in Augenhöhe – und in dieser Haltung so lange verharren, bis die Fahnenträger vorbeimarschiert sind.

Ich stehe vor dem Wohnhaus des Bürstenfabrikanten Katz. Neben mir steht Walter Silberbach mit seinem kleineren Bruder. Beide sind Enkel des Viehhändlers Silberbach. Ihr Vater ist mit einer „Arierin" verheiratet. Die Kinder werden evangelisch erzogen. Mit Walter, der ein sehr guter Sportler ist, bin ich gelegentlich zusammen, ohne dass ich dies als engere Freundschaft bezeichnen könnte. Er ist einfach ein netter Kerl. Seine Familie ist erst vor kurzem in das Haus des Großvaters gezogen. Walter besucht die Oberschule in Bad Salzuflen.

Nun dröhnt der Marschtritt der SA-Reserve über das Kopfsteinpflaster und die Fahne flattert voran. Warum grüße ich nicht? Will ich es Walter nicht antun, der als „Halbjude" vielleicht den „Deutschen Gruß" nicht erweisen darf? Wir schauen uns stumm und verlegen grinsend an und lassen die Kolonne passieren.

Abends im Hausflur schnauzt mich Onkel Gustav an:

Ob ich nicht gefälligst die Fahne grüßen könne? Außerdem hätte ich diese Grußverweigerung auch noch vor den Judenbengeln begangen, von denen ich mich als deutscher Junge offensichtlich nicht trennen könne. Nur seinem energischen Einspruch sei es zu verdanken, dass wir nicht an Ort und Stelle verprügelt worden seien, was ja wohl, wie bekannt, schon Leuten passiert wäre, und so weiter. Ich gehe mit hängenden Ohren in unsere Wohnküche. Dort setze ich mich zu den Eltern an den Abendbrottisch.

„Warum hat dich der Alte denn angeschnauzt?", fragt mein Vater.

„Ich stand mit Walter Silberbach und seinem Bruder bei Katz vorm Haus, und wir haben die Fahne nicht gegrüßt."

„Das alte Arschloch hat dir überhaupt nichts zu sagen."

„Dieser krummbeinige Synagogendiener sieht ja selber aus wie ein Jude!", mischt sich meine Mutter ein. „Der soll sich mal bloß nicht aufregen, dieser Hundertfünfzigprozentige."

Für den Augenblick war dies zwar herzerfrischend, aber wenig hilfreich. Es war keine Ermunterung für mich, trotz und alledem weiter mit den Silberbachs zu spielen. Und der „krummbeinige Synagogendiener", eine Bezeichnung, die meine Mutter auf meinen Onkel anwandte, stammte aus dem antisemitischen Vokabular. Doch das fiel mir gar nicht auf.

Die zweite Begebenheit ereignete sich auf der Sommerkirmes. Ich stehe auf dem Marktplatz im lauten Gedudel der verschiedenen großen Orgeln der Fahrgeschäfte neben dem Pferdekarussell und unterhalte mich mit Walter

Silberbach. Nicht weit von uns steht ein Rudel vom BDM, dem „Bund Deutscher Mädel", wie die weibliche Hitlerjugend genannt wurde. Sie stecken die Köpfe zusammen, tuscheln und schauen von Zeit zu Zeit zu uns herüber. Dann löst sich eine weißblonde Schöne aus der Gruppe, kommt entschlossen, aufrecht und schnellen Schrittes auf Walter und mich zu. Das blauäugige Wesen, einen Kopf kleiner als ich, blitzt mich mit strafendem Blick an und sagt: „Und du schämst dich nicht, hier mit einem Juden zu stehen?" Spricht's, dreht sich auf dem Absatz um und marschiert zurück zu ihren Jugendgenossinnen.

Was denkt ein so gefragter Jüngling wie ich in einem solchen Augenblick? Manches! Er denkt: „Was geht dich das an, mit wem ich hier stehe?" Er denkt: „Walter ist Konfirmand unserer Kirchengemeinde, was also willst du?" Er denkt: „Du kannst mich mal am A – bend besuchen!" Doch er spricht keinen dieser Gedanken aus, die ihm blitzschnell durch den Kopf schwirren. Er schweigt. Er schilt sich innerlich einen Feigling. Aber er ist auch verunsichert. Er denkt: „Werden meine Kontakte zu Juden etwa beobachtet, dazu von Leuten, die sich in ihrer BDM-Kluft offen zum NS-Staat bekennen? Habe ich das nicht selbst schon getan, wenn ich zur Hitlerjugend ging? Muss ich mich wirklich schämen? Hätte ich nicht wissen müssen, dass man mit Juden nichts mehr gemein haben soll? Ist dieses mich anmachende Mädchen nicht die Tochter eines „Goldfasans", eines der Amtsträger der NSDAP, die man wegen ihrer goldenen Mützenkordel und den

Goldspiegeln am Rockkragen im Volksmund so bezeichnet? Wenn die das ihrem Vater erzählt ...?"

Walter steht immer noch neben mir. Sein Gesicht zeigt ein verkrampftes Lächeln. Aber ich finde kein Wort für ihn. Langsam wendet er sich ab und verschwindet irgendwo im Menschengewimmel. Auch ich verlasse den Schauplatz. Das Mädchenrudel steht noch beisammen und lässt mich nicht aus den Augen. Ich gehe, aber nicht hinter Walter her, sondern nach Hause. Für die nächsten Stunden ist mir die Kirmes verleidet.

In mein letztes Lehrjahr fallen die ersten weithin sichtbaren Schandtaten an den Juden im ganzen Deutschen Reich: die Zerstörung der Synagogen, meistens durch Feuer, die Zerschlagung der Fensterscheiben jüdischer Häuser, die Demolierung von Wohnungen und jüdischem Eigentum und die Verhaftung zahlreicher jüdischer Bürger.

Am Vorabend dieser Zerstörungsorgien wirke ich in der Turnhalle bei einer Feier zum Gedenken an den am 9. November 1923 in München missglückten Hitlerputsch mit. Ich bin mir nicht sicher, ob ich wieder mal für eine Zeitlang Dienst in der HJ mache oder ob der Turnverein, in dem ich Mitglied bin, diesen schauerlichen Sprechchor aufführt. Darin heißt es: „Wild braust ein Sturm! Der deutsche Riese dehnt und streckt sich aus, vom Saarland bis nach Danzig. Das ganze deutsche Volk hast du erweckt, Blutfahne du, vom Jahre dreiundzwanzig."

Mit „Blutfahne" ist die Fahne gemeint, die beim 23iger Putsch in München getragen wurde. Sie ist das Heiligtum der Partei schlechthin. Durch die Berührung mit der Blutfahne wird jede neue Fahne oder Standarte geweiht.

Auf dem Nachhauseweg sehen wir einen Feuerschein. Wir laufen hin und sehen, dass die Judenkirche brennt! Der Feuerwehrführer hat schon „Wasser marsch!" befohlen. Die Wehrmänner halten die Strahlrohre auf die neben der brennenden Synagoge stehenden Wohnhäuser; am Ende auch, wohl aus Sicherheitsgründen, auf das jüdische Gotteshaus, das inzwischen aber innen schon ganz ausgebrannt ist.

Wunsch und Gebet

Und als ich nach manchem November
heimkehrte, bald hinter dem Mai,
war die Scherben- und Feuergeschichte
für mich noch nicht aus und vorbei.

Unsre Nachbarn, die Juden – sie alle,
sie waren verraucht und verweht …
Ob sie mir vergeben haben?
Das bleibt mein Wunsch und Gebet.

Herbert Höner

Gefüllte Zeiten

Günther Wallhausen wurde am 13. Dezember 1941 zusammen mit seinen Eltern Berta und Moritz Wallhausen und seiner Tante Julie Sella Silberbach über Bielefeld in das Ghetto von Riga deportiert. Seine Eltern und seine Tante wurden dort ermordet. Er selbst war in mehreren Konzentrationslagern, zuletzt im Lager Stutthof bei Danzig. Im Mai 1945 emigrierte er nach Schweden. Dort lernte er seine Frau kennen, eine polnische Jüdin, die ebenfalls die einzige Überlebende ihrer Familie war. 1949 wurde, noch in Schweden, die Tochter Betty geboren. 1950 wanderte Günther Wallhausen mit Frau und Tochter nach Australien aus. Ein zweites Kind, ein Sohn, wurde in Sydney geboren. Dort gründete Günther Wallhausen eine kleine Möbelfabrik, später eröffnete er einen Laden für Holzspielzeug. Er starb 1967 in Folge eines Herzinfarkts.

Dies alles erfuhr Herbert Höner erst Jahrzehnte später bei einer Begegnung mit ehemaligen jüdischen Mitbürgerinnen und Mitbürgern in seiner Heimatstadt Schötmar. 2003/2004 gelang es ihm, durch die Vermittlung seiner Enkeltochter, die sich für ein Jahr in Australien aufhielt, Kontakt zu Günthers Tochter Betty zu bekommen. Briefe, von der Enkelin übersetzt, wurden hin- und hergeschickt, ebenso Fotos. Kinderbilder vom jüdischen Freund gibt es leider nicht. Man fotografierte in den zwanziger und dreißiger Jahren des 20. Jahrhunderts noch nicht so viel wie heute. Und die wenigen Fotos, die es vielleicht gab, haben Pogrom, Deportation und Konzentrationslager nicht „überlebt". Aber mein Vater erkannte in den Bildern, die den jungen Ehemann und Vater zeigen, den Nachbarsjungen und Schulkameraden von damals.

Am 8. Mai 2014 kommt es zu einer Begegnung mit Günthers Tochter, Enkeltochter und Schwiegertochter. Betty, seit vier Wochen mit ihren Begleiterinnen auf Spurensuche in Österreich, Polen und Deutschland, möchte am Ende ihrer Reise die kleine deutsche Stadt sehen, in der ihr Vater 1920 geboren wurde und bis zu seiner Deportation wohnte. Vor allem aber möchte sie den Menschen sehen, der erzählen kann, wie ihr Vater als Kind und als Jugendlicher war; denn Günther Wallhausen hat seinen Kindern nichts über sein Leben in Deutschland erzählt.

Vier Stunden dauert diese Begegnung zwischen Weinen und Lachen. Vier Stunden, in denen mit „Herzen, Mund und Händen" erzählt, aber auch geschwiegen wird: beim Kaffeetrinken und später beim Spaziergang im Regen durch die teilweise noch kopfsteingepflasterten Straßen von Günthers und Herberts Kindheit. Wir sehen die ehemalige Synagoge, die Schule und die Elternhäuser der beiden Freunde, die Stolpersteine vor den jüdischen Häusern und die Grabsteine auf dem jüdischen Teil des Friedhofs.

Viel zu schnell kommt der Augenblick des Abschieds. Kleine Geschenke werden ausgetauscht, Einladungen ausgesprochen und der Wunsch, in Kontakt zu bleiben. Weinen und Lachen. Umarmungen. Ein letzter Händedruck, ein letztes Winken.

Es gibt Zeiten, in denen sich alles verdichtet und der Becher unseres Lebens uns randvoll gefüllt erscheint. Oft sind es nur kurze Stunden, manchmal nur Augenblicke. Dann möchten wir die Uhren anhalten, weil wir meinen, es müsste so bleiben. Wir wissen, dass das nicht geht. Aber wir leben von diesen Augenblicken und diesen gefüllten Zeiten,

schrieb der Autor 2004 in seinem Buch „Erinnern hat seine Zeit". Mir fällt kein passenderes Schlusswort ein, weder für dies Nachwort noch für das ganze Buch, dessen Erscheinen Herbert Höner nicht mehr erlebt hat. Er starb am 13. Juni 2014. Über seine Todesanzeige haben wir das Wort aus dem 1. Buch Mose gesetzt: „Ich will dich segnen und du sollst ein Segen sein."

Marlies Kalbhenn

Anmerkungen

Bibelzitate
aus: Lutherbibel, revidierter Text von 1984,
durchgesehene Ausgabe 2006
© 1999 Deutsche Bibelgesellschaft, Stuttgart

Dezember 1942
aus: Peter Huchel, Chausseen, Chausseen. Gedichte
S. Fischer Verlag, Frankfurt am Main 1963
© Mathias Bertram, Berlin

Versöhnung
aus: Rose Ausländer, Im Aschenregen die Spur deines
Namens. Gedichte und Prosa 1976
© S. Fischer Verlag GmbH, Frankfurt am Main 1984

Wir danken den Verlagen und Herrn Dr. Bertram
herzlich für die Abdruckgenehmigungen.

Dies ist die Stunde der Väter
Ansprache auf dem Leningrader Friedhof Piskarjowskoje
am 26. August 1985

Stationen der Versöhnung
Predigt zum 45. Jahrestag des Einmarsches in die
Sowjetunion, gehalten in der Auferstehungskirche
Bad Oeynhausen am 29. Juni 1986

Verlorener Krieg oder gewonnen Freiheit?
Vortrag 1995 auf Einladung Dortmunder Friedens-
gruppen

Herbert Höner

Hol über, es ist Zeit

Ein Trauer- und Trostbuch

Herbert Höner verwendet keine billigen „Weisheiten"
oder vordergründige „gute Worte"; er vertraut auch nicht
auf die Zeit, die angeblich alle Wunden heilt, sondern er
ermutigt jeden Trauernden, den Schmerz des Verlustes
zuzulassen. Vielleicht würden die Wunden auf den Herzen vernarben, „aber die Narben bleiben", so schreibt er in
einem Trauerbrief, „sie werden verblassen, aber wir tragen
sie zeitlebens mit uns in Herz und Gemüt. Das ist gut so,
denn sie bewahren uns vor dem Vergessen."

Durch das Nachdenken über das Sterben führt es den Leser
zum Leben. Wer das Leben ergründen will, kommt um
dieses Buch eigentlich nicht herum. (*Ralf Kapries,* Kulturjournalist)

Eine „Hilfe für Hinterbliebene" und eine Ermutigung,
Menschen in der „Phase des Übergangs" beizustehen

ISBN 978-3-9814018-6-8

Marlies Kalbhenn Verlag

Herbert Höner

Sprechen Sie bitte von unten

Wege mit dem Wort

Texte aus sechs Jahrzehnten eines ungewöhnlichen Lebens-
weges: Briefe, Balladen, Erzählungen, Gedichte, Lieder,
Meditationen, Predigten und Reden.

*Eine geistreiche, sowohl unterhaltsame
als auch äußerst bewegenden Mischung*

*Herbert Höner spricht eine Sprache, die Menschen erreicht,
weil ein gelebtes Leben dahinter steht.*

Wie Saatgut für eine neue Hoffnung

*Aus allen Texten spricht Herbert Höners Liebe zum
wohlgesetzten Wort und seine tiefe Menschlichkeit.*

He can tell the story!

ISBN 978-3-9814018-1-3
Marlies Kalbhenn Verlag

Herbert Höner – Marlies Kalbhenn

Zweimal Bescherung

Ein anderes Weihnachtsbuch

Geschichten und Gedichte
vom 1. Advent bis zum 6. Januar

Das Buch ist eine Schatzkiste, in der es viel zu stöbern
und zu entdecken gibt. Von Gefühlen wird gesprochen
zwischen den Zeilen, manchmal auch von Wundern.
„Zweimal Bescherung", auch zum Vorlesen gut geeignet,
macht das Fest der Feste von innen heraus hell.

Ein eindeutiges Plädoyer für Weihnachten!

*Zusätzlich verstärkt wird die Lesefreude durch die
farbigen Illustrationen von Christiane Tietjen.*

ISBN 978-3-9814018-3-7
Marlies Kalbhenn Verlag

Marlies Kalbhenn

Schau auf den Mond und den Wald und die Elbe

Geschichten und Gedichte

Fast scheint es so, als habe das Schicksal Marlies Kalbhenn
an die Hand genommen und durch ein Land geführt, in
dem Geschichten ebenso blühen wie andernorts die Blumen. Doch wie es auch immer wieder Menschen gibt, die
diese Blumen gar nicht sehen, bleiben auch ihre Geschichten für die meisten ihrer Mitmenschen unsichtbar. Darin
unterscheidet sich die Autorin von ihnen, dass sie Bilder
und Ereignisse zunächst in sich bewahrt und sie später
auf eine Weise in Worte zu fassen versteht, die sie wieder zum Allgemeingut werden lassen … Themen wie die
Elemente, die Jahreszeiten, Reisebilder, Liebe & Tod sind
hier zu einem bunten, abwechslungsreichen Reigen ver-
eint, alle menschlich nah und mit direktem Draht zur
Seele. Und immer erweitern sie den Blick vom Kleinen
auf das Große. (*Ralf Kapries,* Kulturjournalist)

Ein Buch, das man immer wieder
zur Hand nehmen wird!

ISBN 978-3-9814018-5-1
Marlies Kalbhenn Verlag